KB104752

# 무직전생 ②

## 이세계에 갔으면 최선을 다한다

글 **리후진 나 마고노테**
일러스트 **시로타카**
옮김 **한신남**

파울로

사울로스

제니스

록시

필립

루데우스

에리스

인물소개

"하늘색이 변한다? 뭐지?"
하늘이 변색되어 갔다.
기분 나쁜 색이다.
자주색과 갈색이 머블 형태가 되어서….
"……"
길레느가 말없이 안대를 벗었다.
안대 밑에서는
진녹색을 띤 눈동자가 나타났다.
외눈이 아니었나.
"저건 대체 뭐죠?"
"나도 모르겠다. 엄청난 마력이다…!"

# 무직전생

이세계에 갔으면
최선을 다한다

②

글 **리후진 나 마고노테** 일러스트 **시로타카** 옮김 **한신남**

無職転生 ～異世界行ったら本気だす～ 2

ⓒRifujin na Magonote 2014
Edited by MEDIA FACTORY
First published in Japan in 2014 by KADOKAWA CORPORATION, Tokyo.
Korean translation rights arranged with KADOKAWA CORPORATION, Tokyo.

# CONTENS

"자유의 날개를 손에 넣은 자는

　　　그 대가로 두 다리를 잃게 되리라."


——It is difficult for inoccupation to attach

　　　a leg to the ground and to work.


글 : 루데우스 그레이랫
옮김 : 진 RF 매곳

제 2 장

# 소 년 기

가정교사 편

나는 도망쳤다.

한 야수에게서 열심히 도망쳤다.

공포심을 품고 일심불란하게.

계단을 달리고 정원을 달리고, 때로는 마술을 써서 지붕에 오르고 나뒹굴듯이.

"어디 갔어!"

그 녀석은 무시무시하게 소리치면서 쫓아왔다.

어디까지든, 어디까지든.

나는 체력에 그럭저럭 자신이 있었다.

2~3년 전부터 계속 러닝이나 검술 연습을 해 왔다.

하지만 그런 자신감은 순식간에 박살났다.

녀석은 내 노력을 비웃듯이 새빨간 머리칼을 휘날리면서 숨가쁜 기색도 없이 쫓아왔다.

포기하지 않았다. 아무리 멀어도 마음을 놓은 순간 확실하게 차이를 좁히고 들었다.

"허억… 허억…."

이제 호흡이 힘들다.

이 이상은 못 뛴다. 도망치기는 무리다.

숨자, 그 수밖에 없다.

"큭⋯."

계단 아래 관엽식물 뒤에 숨자, 저택 안에 쩌렁쩌렁하게 울리는 야수의 포효가 들렸다.

"절대로 안 놓칠 거야!"

그 말에 내 다리는 부들부들 떨렸다.

나는 루데우스 그레이랫. 7세.

밝은 갈색의 머리칼과 발그레한 뺨을 가진 미소년으로 본디 34세 무직 동정인 니트족이었다.

양친의 장례식을 무시한 바람에 가족에게 쫓겨나서 실의에 빠진 채로 트럭에 치어 죽었지만, 운명의 장난인지 전생의 기억을 가진 채 갓난아기로 다시금 태어났다.

나는 쓰레기였던 생전의 모습을 반성하고 7년 동안 성실하게 살려고 노력해 왔다.

어학을 배우고 마술을 배우고 검술 수행을 하고 부모와도 원만하게 지내고 실피라는 귀여운 소꿉친구도 사귀었다. 바로 그 실피와 같은 학교에 들어가기 위해서 2인분의 학비를 벌 수 있다는 말에 따라 성채도시 로아로 향했다.

고용주인 아가씨에게 5년 동안 공부를 가르치면 학비를 지급받을 수 있다.

—그런 이야기였는데.

"튀어 나와! 밟아 주겠어!"

나는 관엽식물 뒤에서 야수의 포효에 겁먹고 있었다.

소녀의 모습을 한 폭력의 화신을 두려워하고 있었다.

—왜 이렇게 되었을까.

그것은 딱 한 시간 전으로 거슬러 올라간다.


## 제1화 아가씨의 폭력

저녁이 되었을 무렵 로아 시에 도착했다.

부에나 마을과 로아 시는 마차로 하루거리라는 모양이다.

시간으로 따져서 6~7시간 정도일까. 멀다고 하자면 멀고, 가깝다고 하자면 가깝다.

로아 시는 이 근처에서 가장 큰 도시인 만큼 활기가 있었다.

일단 성벽이 제일 먼저 눈에 들어왔다.

7~8미터는 될 법해 보이는 든든한 성벽이 도시를 에워싸고 있었다.

성벽에 있는 커다란 성문 주위에는 마차가 오가고, 안에 들어가면 노점상이 줄을 늘어섰다.

도시 안으로 들어가니 먼저 마구간이나 숙소 같은 가게가 죽 이어졌다.

시민이나 상인 사이에 뒤섞여서 갑옷을 입은 사람이 오가는 모습은 진짜로 판타지 같았다.

대합실 같은 곳에 커다란 짐을 든 사람들이 앉아 있었다.

저건 뭘까?

"길레느, 저게 뭔지 아나요?"

나는 정면에 앉은 사람에게 말을 붙였다.

초콜릿빛 피부를 노출 많은 가죽옷으로 감싸고 동물 같은 귀와 꼬리를 가진, 키가 큰 근육질의 나이스 가이―가 아니라 여검사였다.

그녀의 이름은 길레느 데돌디어.

검신류의 일곱 계급 중에서 위에서 세 번째, 검왕의 지위를 가진 강한 검사로, 앞으로 나에게 검을 가르쳐 준다는 약속을 나누었다.

내게는 제2의 스승이지.

"…너."

내 질문에 그녀는 짜증난 표정을 지었다.

"날 바보로 아나?"

험악한 표정으로 노려보는 바람에 움찔했다.

"아뇨, 그저 저게 뭔지 몰라서 가르쳐 주셨으면 하는 마음에…."

"아, 미안. 그런 의미인가."

내가 울 것 같은 얼굴을 하자 길레느가 황급히 가르쳐 주었다.

"저건 승압마차 내합실이나. 모봉 노시에서 도시로 이농할 때는 저걸 타거나 행상인에게 돈을 쥐어주고 얻어 타지."

길레느는 그 외에도 가게를 하나하나 가리키면서 저건 무기 짐이다, 저건 술집이나, 서선 보험가 실드 지부다, 저건 좋지 못

15

한 가게다, 라고 가르쳐 주었다.

그녀는 얼굴이 험악할지 몰라도 친절했다.


어느 골목을 돌자 분위기가 변했다.

무기점이나 방어구점처럼 그야말로 모험가를 상대하는 가게가 이어졌고, 안쪽으로 더 들어가니 시민들을 상대하는 가게가 자리 잡고 있었다.

그 가게들 뒤로는 민가가 있는 걸까?

머리를 잘 썼군.

밖에서 적이 들어왔을 경우 일단 문 근처의 사람들이 상대를 하고, 그동안에 시민들은 안쪽이나 습격의 반대쪽으로 도망칠 수 있다.

이런 구조라면 당연하겠지만, 안쪽으로 들어갈수록 집들이 점점 더 커지고 고급스러운 가게도 늘어났다.

이 도시에서는 중앙에 살수록 부자인 것이다.

그리고 그 중심에 있는 것은 가장 거대한 건물.

"저게 영주의 저택이다."

"저택이라기보다는 성이네요."

"여기는 성채도시니까."

로아는 400년 전에 있었던 마족과의 전쟁에서 최종방위라인으로 기능했다는 유서 깊은 도시.

그러니까 중앙에는 성이 있다는 말이다.

뭐, 유서 깊다고 해도 왕도에 사는 귀족들이 보기에는 야만스러운 모험가들이 많은 벽지라는 모양이지만.

"하지만 이런 걸 보면 제가 가르칠 아가씨는 꽤나 신분이 높은 사람인가 봐요?"

"그렇지도 않지."

길레느는 고개를 내저었다.

하지만 영주의 저택이 이미 눈앞에 있었다. 방금 전의 이론을 따르자면 이 근처는 이미 신분 높은 사람들이 사는 곳이라는 게 된다.

…아닌가? 이런 변경에는 그리 신분 높은 사람이 없다는 의미일까?

"어라?"

그렇게 생각하는데 영주의 저택 입구에서 마부가 문지기와 가볍게 인사.

그대로 저택 부지 안으로 들어갔다.

"영주의 따님이군요."

"아니다."

"아닌가요?"

"…조금 다르군."

무언가 의미 있는 말 같기도 하고 아닌 것 같기도 하고….

마차가 멈췄다.

저택에 들어가자, 집사가 응접실 같은 장소로 안내해 주더니 나란히 놓인 소파 두 개를 가리켰다.

나로서는 첫 면접이로군.

신중하게 가자.

"저쪽에 앉아 주십시오."

내가 소파에 앉자 길레느는 말없이 떨어져서 방구석에 섰다.

방 전체를 둘러볼 수 있는 장소라고 표현해야 할까.

생전의 세계라면 중2병 즐~ 이라고 생각했겠지.

"이제 곧 주인님이 돌아오실 테니 잠시만 기다리십시오."

집사 같은 사람은 고급스러워 보이는 찻잔에 홍차 같은 것을 따르고 입구 옆에 조용히 섰다.

온기가 피어오르는 차를 마셨다.

나쁘진 않았다. 홍차의 좋고 나쁨은 모르지만 분명히 비싼 거다.

처음부터 길레느 몫이 준비되지 않은 걸 보면 나만 손님 대접일까.

"어디냐!"

그런 생각을 하는데 방 밖에서 커다란 목소리와 함께 난폭한 발소리가 들리기 시작했다.

"여긴가!"

난폭하게 문이 열리고 근골 우람한 한 남자가 들어왔다.

나이는 쉰 살 정도일까. 다크브라운색 머리칼에 하얀색이 섞이기 시작했지만, 아직 한창 일할 때란 느낌이었다.

나는 찻잔을 내려놓고 일어서서 허리를 크게 굽히며 고개 숙였다.

"처음 뵙겠습니다. 루데우스 그레이랫입니다."

남자는 흥 하고 콧소리를 냈다.

"흥, 인사하는 법도 모르나!"

"주인어르신, 루데우스 님은 부에나 마을 밖으로 나온 적이 없습니다. 아직 나이도 어려서 예의를 배울 시간이 없었겠지요. 다소의 무례는…."

"넌 조용히 있어!"

집사는 그 일갈에 입을 다물었다.

이 사람을 주인어르신이라고 부르는 걸 보면 내 고용주인 걸까.

꽤나 화를 잘 내는군. 나한테 뭔가 부족한 게 있을까.

가능한 한 정중하게 인사했다고 생각했는데, 귀족들의 예절이 따로 있는 걸까.

"흥, 파울로는 자기 아들한테 예절도 안 가르쳤나!"

"아버님은 답답한 게 싫어서 집을 뛰쳐나왔다고 들었으니 일부러 가르쳐 주지 않으신 걸지도 모르겠습니다."

"벌써부터 변명인가! 파울로랑 똑같군!"

"아버님이 그렇게 말씀하셨습니까?"

"음! 입만 열면 변명이었지! 오줌을 싸도 변명! 싸움을 해도 변명! 공부를 안 하고서 변명!"

정말 심한 말이군.

"너도 배우려고 했으면 예절 정도는 배울 수 있었겠지! 노력하지 않았으니까 이렇게 되는 거다."

그런 말을 들으니 고개를 끄덕이며 납득하게 되는 바도 있었다.

나는 마술과 검술말고는 새로운 것을 배울 생각을 하지 않았다.

시야가 좁아졌을지도 모른다.

솔직하게 반성해야한다.

"그렇군요. 제가 부덕할 따름입니다. 죄송합니다."

고개를 숙이자, 남자는 쿵 하고 다리로 바닥을 울렸다.

"하지만 배우지 못했다고 해도 역정부리지 않고 자기가 할 수 있는 최대한의 예의를 갖추려는 자세는 좋다! 이 저택에 머무는 건 허락하마!"

잘은 모르겠지만 허락받았다.

남자는 그 말만 하더니 몸을 돌려 바람을 가르며 그대로 문 밖으로 나갔다.

"지금 분은?"

집사에게 물어보았다.

"피트아 영주인 사울로스 보레아스 그레이랫 님이십니다. 파울로 님의 숙부 되십니다."

저 사람이 영주님이다.

위세가 다소 지나친 느낌인데 통치를 잘 하긴 할까? 뭐, 이 근처는 모험가가 많다고 그랬으니까 저 정도로 세게 나가지 않으면 영주 일도 어려울지 모르지만.

음? 그레이랫이고, 숙부…?

그러면, 어어, 어디 보자.

"제 작은 할아버지이신가요?"

"예."

이해가 됐다.

파울로는 쫓겨난 본가의 연줄을 썼나.

그렇기는 해도 설마 본가가 이렇게 신분 높은 집안이었다니….

좋은 집안의 도련님이었잖아?

"어떻게 된 거야, 토마스. 문이 활짝 열려 있잖아?"

그때 문에서 또 한 사람이 등장했다.

"그리고 아버님의 기분이 좋아 보이던데 무슨 일 있었나?"

산뜻한 갈색 머리에 마른 체격, 가벼워 보이는 남자였다.

아버님이라는 말에서 생각해 보면 이 사람은 파울로의 사촌 형제일까.

"아, 주인님, 죄송합니다. 방금 전에 주인어르신께서 루데우스 님을 보고 가셨습니다. 마음에 드신 모양입니다."

"흐응, 아버님의 마음에 드는 아이라…. 이거 사람을 좀 잘못 골랐나?"

그는 그렇게 말하더니 나의 맞은편 소파에 앉았다.

아, 그렇지. 인사해야지.

"처음 뵙겠습니다. 루데우스 그레이랫입니다."

방금 전과 마찬가지로 허리를 굽히고 고개를 숙였다.

"아, 나는 필립 보레아스 그레이랫이다. 귀족의 인사는 오른손을 가슴에 대고 살짝 고개를 숙이는 거야. 그렇게 인사하다가 야단맞았겠지?"

"이렇게 말입니까?"

필립을 흉내내어서 고개를 숙였다.

"그래. 하지만 아까 인사도 정중해서 나쁘진 않아. 장인들이 그렇게 인사하면 아버님도 기꺼워하시지. 자리에 앉게."

필립은 소파에 털썩 앉았다.

시키는 대로 나도 앉았다.

─면접 시작인가.

"이야기는 어디까지 들었지?"

"5년 동안 여기서 아가씨에게 공부를 가르치면 마법대학의 입학 자금을 원조해 주신다고."

"그것뿐?"

"예."

"…그런가."

필립은 턱에 손을 대고 뭔가 생각하듯이 테이블로 시선을 내렸다.

"넌 여자를 좋아하나?"

"아버님 정도는 아닙니다만."

"그래. 그럼 합격이야."

어, 어라～?

벌써?

"지금으로선 그 아이의 마음에 든 교사는 예의작법을 맡은 에드나와 검술을 맡은 길레느뿐이야. 여태까지 다섯 명 넘게 해고했지. 그중 한 명은 왕도에서 교편을 잡았던 남자야."

왕도에서 교편을 잡았어도 꼭 잘 가르친다고 할 수 없다는 의견은 삼켰다.

"…그거랑 여자를 좋아하는 거랑 무슨 관계가 있습니까?"

"관계는 없어. 파울로는 귀여운 여자를 위해서라면 뭐든지 노력하는 남자였으니까, 분명 너도 그럴 거라고 생각했을 뿐이지."

필립은 설레설레 고개를 내저으며 어깨를 으쓱였다.

고개를 내젓고 싶은 건 나야. 그 인간하고 똑같이 보지 말아줘.

"딱 잘라 말하겠는데, 너에게는 별로 기대하지 않아. 파울로의 아들이니까 일단 시험해 보기로 한 것뿐이지."

"정말이지 딱 잘라 말씀하시는군요."

"뭐야, 자신이라도 있나?"

자신 같은 건 없다.

없지만, 도저히 뭐라고 표현할 바 없는 이 분위기.

"실제로 만나 보지 않으면 모르겠습니다만…"

게다가 이 일을 실패하고 다른 일로 도망친다면 파울로의 비웃음이 들려올 것 같았다. '역시 너는 아직 어린애야'라는 말과 함께.

웃기지 마.

연하한테 얕보일 순 없지.

흠….

"그렇군요. 만나 보고 안 될 것 같으면… 한바탕 연극을 해 볼까요."

여기선 생전의 지식을 사용하자.

건방진 아가씨를 얌전하게 만드는 패턴이다.

"연극이라? 무슨 소리지?"

나는 간결하게 설명했다.

"제가 아가씨와 함께 있을 때 당가의 입김이 닿은 사람에게 유괴당하는 겁니다. 저는 읽고 쓰기, 산술, 마술을 구사하여 아가씨와 함께 탈출, 자력으로 저택으로 돌아온다는 느낌이지요."

그 말을 들은 필립은 놀란 표정이었지만, 곧 무슨 이야기인지 이해했는지 고개를 끄덕였다.

"그래, 말하자면 배우고 싶다고 스스로 생각하게 만든다는 건가. 재미있어. 하지만 그렇게 잘 될까?"

"어른이 머리를 쥐어박아가면서 말하는 것보다는 가능성이 있지 않을까 합니다."

만화나 애니메이션에서는 흔한 전개다.

공부를 싫어하는 아이가 사고를 목격하면서 학습의 중요성을 깨닫는다.

그게 자작극이라도 별 상관없겠지.

"그 방법은 파울로가 가르쳐 준 건가? 여자를 꼬시는 방법 중

하나로?”

“아뇨. 아버님은 그런 짓을 하지 않아도 인기가 있습니다.”

“인기라… 후후….”

필립이 웃음을 터뜨렸다.

“그래. ㄱ 녀석은 예전부터 인기가 있었지. 아무 짓을 안 해도 여자가 달라붙고.”

“아버님의 소개로 만난 사람은 모두 아버님의 손이 닿았습니다. 저쪽의 길레느도 그렇고요.”

“그래, 정말이지 부럽기 짝이 없어.”

“부에나 마을에 남기고 온 소꿉친구에게 손을 대지나 않을지 걱정입니다.”

말하고 보니 진짜로 불안해졌다.

실피, 5년 후라면 제법 자라겠지….

집에 돌아갔더니 실피가 어머니 중 한 명이 되어 있거나 하면 싫은데.

“안심해. 파울로는 큰 사람에게밖에 흥미가 없으니까.”

필립은 그렇게 말하면서 방구석에 있는 길레느에게 눈을 돌렸다.

“…아, 과연.”

슬쩍 고개를 돌려서 길레느를 보니 분명히 컸다.

떠올려 보니 제니스도 리랴도 컸다.

뭐가 크냐고?

가슴 말이야.

"5년 정도라면 괜찮아. 엘프의 피가 섞였다면 성장해도 그렇게 크지 않을테고. 게다가 아무리 파울로라도 그렇게 못된 짓은 안 하겠지."

정말일까?

아니, 실피가 엘프라는 걸 아나?

이거 부에나 마을에서 내가 어떻게 살았는지도 다 안다고 생각하는 편이 좋겠군.

"그보다도 나로서는 네가 딸아이를 꼬드기지나 않을지 걱정이야."

"일곱 살짜리 애한테 무슨 말씀이십니까…?"

정말이지 실례되는 말씀.

저는 아무 짓도 안 합니다. 그쪽이 멋대로 반할(그러도록 유도할) 뿐입니다.

"하지만 파울로의 편지를 보자면, 넌 마을에서 여자를 후리고 다녀서 격리시켰다고 그랬는데? 농담이라고 생각했는데 아까 그 작전을 들어 보면 꼭 거짓말도 아닌 것 같은 느낌이야…."

"실피 이외에 친구가 없었을 뿐입니다."

그리고 그 유일한 친구를 얌전한 노예로 교육하려 했을 뿐.

―같은 소리는 입이 찢어져도 하지 않았다.

말하지 않아도 되는 것은 말하지 않는 편이 낫다.

"그래. 좋아, 여기서 이야기해도 끝이 없겠지. 딸아이와 만나게 해 주지. 토마스, 안내해라!"

필립은 그렇게 말하며 일어섰다.

그리고 나는 그녀와 만났다.

이 녀석은 건방지다.

첫눈에 그렇게 생각했다.

나이는 나보다 두 살 위.

날카롭게 곤두선 눈, 컬이 들어간 머리카락.

머리카락 색깔은 진홍색. 원색 페인트를 뒤집어쓴 건가 싶을
정도로 빨갰다.

첫인상은 강렬.

장래에 미인이 되겠지만 수많은 남자들이 '이건 무리다' 라고
생각할 것이 예상되었다.

진성 M이라면 혹시나… 싶은 레벨이 아니다.

아무튼 위험하다.

내 모든 것이 가까이 가지 말라고 소리쳤다.

"안녕하세요, 루데우스 그레이랫입니다."

하지만 도망칠 수도 없었다.

방금 전에 배운 대로 인사했다.

"흥!"

그녀는 내 모습을 본 순간 할아버지와 똑같은 콧소리를 내었
다.

팔짱을 끼고 버티고 서서, 명백히 얕잡아보는 태도로 내려다보려고 들었다.

나보다 키가 크긴 했다.

그녀는 나를 보더니, 눈에 띄게 불쾌한 표정으로 말했다.

"뭐야, 나보다도 연하잖아! 이런 녀석한테 배우다니 말도 안 돼!"

그렇죠, 자존심 셀 것 같았어요.

하지만 물러날 수도 없었다.

"나이는 관계없다고 생각합니다만?"

"뭐?! 나한테 말대꾸야?!"

목소리가 엄청 컸다. 귀가 찡찡 울렸다.

"하지만 아가씨는 제가 할 수 있는 걸 못 하지 않습니까?"

그렇게 말하자 아가씨의 머리칼이 곤두서나 싶었다.

노기라고 해야 할 것이 눈에 보인다고는 생각하지 않았다.

무섭다.

우우, 제길. 왜 내가 열 살도 안 된 꼬맹이한테 겁을 집어먹어야 하는데.

"건방져! 내가 누구인지 알아?!"

"제 재종형제죠."

공포를 숨기면서 대답했다.

"재종…? 그게 뭐야?"

"제 아버님의 사촌의 자식이란 말입니다. 제 작은 할아버지의 손녀라고 말할 수도 있지만요."

"뭐야! 무슨 말인지 모르겠어!"

설명이 좀 안 좋았나?

뭐, 단순히 친척이라는 말을 쓰는 편이 알기 쉬울까.

"파울로라는 이름, 들어본 적 없습니까?"

"있을 리 없잖아!"

"그렇습니까."

의외로 이름이 알려지지 않은 모양이다.

뭐, 관계야 아무래도 좋지만.

아무튼 지금은 대화다.

처음에는 대화 이벤트를 거듭하는 게 중요하다고 함락신께서도 말씀하셨다.

그렇게 생각한 다음 순간.

아가씨가 손을 들었다.


짜악!


"…어?"

느닷없이.

아가씨는 느닷없이 내 뺨을 후려갈겼다.

살짝 혼란스러운 와중에서도 나는 그녀에게 불었다.

"왜 때립니까?"

"연하 주제에 건방지니까!"

"그렇군요."

얻어맞은 뺨이 열기를 띠고 찌릿거렸다.

아프다….

다음 인상은 난폭하다.

이런, 어쩔 수 없군.

"그럼 갚아드리겠습니다."

"뭐?!"

대답을 기다리지 않고 뺨을 한 대 올려붙였다.

짝!

별로 좋지 않은 소리가 났다.

때리는 것에 익숙하지 않으니까 이 정도일까. 뭐, 좋아. 아프긴 했겠지.

"남에게 맞는다는 아픔을."

알겠습니까—라고 말하려는 내 시선에 머리칼을 곤두세우고 주먹을 쳐든 아가씨의 모습이 들어왔다.

인왕상이다. 그거랑 똑같다.

그렇게 생각한 순간 얻어맞았다.

비틀거릴 때에 다리가 걸렸다.

가슴을 떠밀려서 넘어졌다.

순식간에 마운트 포지션을 빼앗겼다.

어느 틈에 무릎에 두 팔을 눌린 상태였다.

어, 어라? 움직일 수가 없어?

"아니, 저기."

당황한 내 목소리를 아가씨의 포효가 지워 버렸다.

"누구한테 손을 대는 거야! 후회하게 해 주겠어!"

펀치가 날아왔다.

"아야, 저기, 자, 잠깐, 어, 거짓말, 그만."

그 뒤로 다섯 대 정도 얻어맞았을 때에 간신히 마술을 써서 탈출.

다리가 굳어 버릴 것 같았지만 겨우 일어나 마술로 막으려고 손을 들었다.

바람 마술로 충격파를 만들어서 아가씨의 얼굴에 쏘았다.

"…용서 안 해."

아가씨는 고개를 돌렸지만 한순간도 멈추지 않고 귀신같은 얼굴로 돌진해 왔다.

그 얼굴을 본 순간 내 착각을 깨달았다.

나뒹굴 듯이 도망쳤다.

저건 내가 알던 아가씨란 것과는 다르다.

드릴 롤에 아크로바틱한 응석받이 바렐 롤을 하는 아가씨가 아냐.

지건 불량 만화의 주인공이다.

마술로 때려눕힐 수 있을지도 모른다.

하지만 분명 그래서는 말을 듣지 않는다.

아가씨는 반드시 부활해서 복수하러 오겠지.

그때마다 그녀를 마술로 쓰러뜨릴 순 있다.

하지만 그녀의 마음은 결코 꺾이지 않겠지.

만화의 주인공과 달리 그녀는 어떤 비겁한 수라도 쓰겠지.

계단 위에서 꽃병을 던진다든가, 그늘에서 갑자기 목도로 공격해 온다든가….

가능한 모든 수를 사용해서 당한 것의 10배 이상의 대미지를 입히려고 들겠지.

그리고 그때 그녀는 결코 봐주는 법이 없다.

이건 위험해. 치유 마술은 주문을 외워서만 사용 가능하단 말이야.

싸움이 계속되는 한 내 말은 결코 들어주지 않는다.

힘으로 말을 듣게 한다.

그건 이번 경우에 결코 취해선 안 되는 선택지였다.


그리고 서두로 돌아간다.


그 뒤 아가씨도 지쳤는지, 체념하고 자기 방으로 돌아갔다.

숨어 있는 나를 발견할 수 없었다.

하지만 아슬아슬했다. 그 빨간 머리 악마가 눈앞을 지나갈 때에는 산 것 같지가 않았다. 이런 데에서 호러 영화 주인공의 기분을 이해할 거라고는 생각지도 않았다.

완전히 지쳐서 필립에게 돌아가자 그는 쓴웃음과 함께 기다리고 있었다.

"어떻지?"

"어떻고 자시고 없습니다."

나는 울상을 하면서 대답했다.

얻어맞을 때는 죽을지도 모른다고 생각했다. 도망칠 때에는 울 것만 같았다.

그런 기분을 맛본 건 오래간만이었다. 하지만 아픈 것은 잠깐일 뿐. 오래간만이라는 말은 이전에도 경험했다는 말이다.

트라우마라고 할 정도는 아니지만.

"그럼 포기할 건가?"

"포기하지 않습니다."

아직 아무것도 안 했잖아.

여기서 물러난다면 괜히 얻어맞은 걸로 끝난다.

"아까 말씀드린 것, 부탁드리겠습니다."

나는 필립에게 크게 고개를 숙였다.

저 야수에게 진짜 공포를 가르쳐 주자.

"알았어. 토마스, 준비해 주게."

필립이 그렇게 말하자 집사가 물러났다.

"그건 그렇고 너도 재미있는 생각을 떠올리는군."

"그렇습니까?"

"그래, 교사 중에서 이렇게 거창한 수를 말한 건 너뿐이야."

"…효과가 있으리라 생각하십니까?"

다소 불안했다.

저 아가씨는 내 잔재주로 어떻게 될 상대일까? 하는 마음이었다.

필립은 어깨를 으쓱이고 말했다.

"그건 네 노력에 달렸지."

지당하신 말씀.

이렇게 직진을 결행하게 뇌었다.

나는 내게 주어진 방으로 들어갔다.

방 안에 있는 것은 하나같이 고급스러운 것이었다.

커다란 침대에 아름답게 장식된 가구들.

깨끗한 커튼에 새로 만든 나무 책장.

여기에 에어컨과 컴퓨터가 있으면 실로 쾌적한 니트 생활을 보낼 수 있겠지.

좋은 방이다.

나도 그레이랫이란 성을 가졌으니까, 고용인용 방이 아니라 객실이 준비된 모양이다.

고용인 말이 나와서 말인데, 왜인지 메이드 중에는 수족獸族이 많았다.

이 나라에서는 마족을 심하게 차별한다고 들었는데, 수족은 또 다른 걸까?

"하아…. 그렇기는 해도 파울로, 날 이런 곳에 보내다니…."

나는 침대에 앉아서 욱신욱신 아픈 머리를 싸쥐었다.

아까 언어맞은 탓인지 아직도 아픔이 남아 있었다.

재빨리 힐링을 외워서 상처를 치료했다.

"그래도 생전의 그때와 비교하면 훨씬 나아."

언어맞고 쫓겨난다는 과정은 똑같았다.

하지만 이번에는 달랐다. 길바닥에서 헤매는 일은 없었다.

그때와는 천지 차이다.

파울로는 확실히 손을 써 주었다. 일도 준비해 주었고 잘 장소도 있었다.

게다가 용돈까지 준다지 않는가.

더할 나위 없다.

혹시 생전의 형제들이 이렇게까지 해 주었다면 나도 마음을 고쳐먹었을지 모른다.

일을 찾고, 방을 준비하고, 도망치지 않도록 감시를 붙이고….

아니, 무리인가.

34세의 나이에 일한 적도 없고 어떻게 손 쓸 수 없으니까 버림받았다.

나도 당시에는 갑자기 그런 일을 겪어서 그저 될 대로 되라 싶은 마음뿐이었다.

담담히 일을 한다는 생각조차 할 수 없었겠지.

컴퓨터를 쓸 수 없어서 자살을 계획했을지도 모른다.

지금이니까 괜찮다.

일을 해서 돈을 벌겠다고 결심한 지금이니까.

강제긴 하지만 절묘한 타이밍이다.

나는 파울로를 조금 오해했을지도 모르겠다.

"하지만 저건 아니잖아."

저 흉포한 생물은 뭘까.

저런 건 40년을 살면서 처음 봤다.

무서운 정도가 아니다.

바이올런스다.

순간급탕기 같다.

자칫 트라우마를 일으킬 뻔했다.

아니, 살짝 지리기도 했다.

"나는 얼마든지 화낼 수 있습니다, 라는 느낌이었어."

물론 저 아가씨를 보자면 '상대편'도 화낼 것 같다.

독설을 퍼부으면서.

"…학교에서 쫓겨난 것도 이해가 돼."

꽤나 익숙한 솜씨로 주먹을 휘둘렀다.

저건 사람을 패는 것에 익숙한 솜씨다. 무저항인 상대도, 저항하는 상대도 관계없이 때려눕힌 솜씨다.

아직 아홉 살인데 상대를 무력하게 만드는 프로세스가 완전히 몸에 익었다.

내가 저런 아이를 제대로 가르칠 수 있을까.

필립과는 이야기가 되었다.

일단 유괴범에게 유괴시켜서 무력감을 맛보게 한다.

내가 그 상황에서 구해낸다. 그녀는 나를 존경하고, 수업도 얌전히 받게 된다.

계획은 간단했지만, 나도 기본적인 흐름은 이해한다.

예상한 반응을 끌어낼 수 있다면 잘 풀리겠지.

하지만 정말로 잘 될까?

저 폭력성은 내 예상을 훨씬 웃돈다.

소리치고 싶은 대로 소리치고, 상대가 덤벼든다면 완전무결할 정도로 때려눕힌다.

완전승리를 향한 의지가 엿보이는 폭력이다.

유괴범에게 유괴된들 꿈쩍도 하지 않는 것 아닌가?

내가 도와주면 그게 당연하다는 얼굴로 '더 일찍 구해 주란 말이야, 쓰레기' 같은 말을 하지 않을까?

그럴싸하다.

저 아가씨라면 충분히 그럴 수 있어.

예상 밖의 반응이 나올 가능성이 있다.

모든 사태를 상정해 둘 필요가 있다.

각오를 해 둘 필요가 있다.

실패는 허락되지 않는다.


나는 생각했다.

성공시킬 방법을, 수순을.

하지만 생각하면 생각할수록 사고는 수렁에 빠졌다.

"신이시여, 부디 성공할 수 있도록 해 주세요…."

마지막에는 기도했다.

신 따윈 믿지 않았다.

일본인답게 난처할 때만 신을 찾았다.

부디 성공할 수 있도록 해 주세요…라고.

그리고 록시의 팬티를 내 방에 두고 온 것을 깨닫고 울었다.

여기에 신은 없다.

이름 : '아가씨'

직업 : 피트아 영주의 손녀

성격 : 흉포

말 : 듣지 않는다

읽고 쓰기 : 자기 이름은 쓸 수 있다

산술 : 한 자릿수 덧셈까지

마술 : 전혀 모름

검술 : 검신류 초급

예의작법 : 보레아스식 인사는 할 수 있다

좋아하는 사람 : 할아버지, 길레느

## 제2화 자작극?

눈을 뜨자, 그곳은 더러운 창고 안이었다.

쇠창살 달린 창문에서 햇살이 들어왔다.

온몸이 아팠지만, 아무튼 뼈가 부러지지 않은 것만을 확인하고 작은 목소리로 치유 마술을 걸었다.

손이 뒤로 묶여 있었지만 그 정도쯤이야.

"좋아."

완전 회복. 옷도 찢어지지 않았다.

작전대로다.

아가씨를 농락하기 위한 작전은 다음과 같았다.

1. 아가씨와 함께 시내 옷가게에 간다.
2. 아가씨는 장난꾸러기라서 혼자 가게 밖으로 나가고 싶어 한다.
3. 평소에는 길레느가 호위로 따라붙지만, 이번에는 '우연히' 눈을 뗀 사이에 아가씨가 밖에 나간다.
4. 내가 따라가지만, 결국은 싸움에서 흠씬 두들겨 패 준 연하의 꼬맹이. 아가씨도 신경 쓰지 않는다.
5. 아가씨는 나를 하수인처럼 데리고 마을 구석으로 이동한다 (아무래도 모험가를 동경하는 모양이다).
6. 거기서 그레이랫 가문의 숨결이 닿은 유괴범이 등장.
7. 나와 아가씨를 간단히 기절시키고 이웃마을로 납치 감금.
8. 마술을 써서 감금 장소를 탈출.
9. 이웃마을이라는 사실을 어떤 수로 탐지한다.
10. 속옷 속에 숨겨둔 돈을 이용하여 승합마차에 탄다.

11. 집에 도착하여 아가씨에게 거만하게 설교.

현재 7번까지는 순조롭게 진행되었다.

남은 건 내가 마술과 지식과 지혜와 용기를 구사해서 멋지게 탈출하면 될 뿐이다.

리얼리티를 주기 위해서 꽤나 애드립을 섞어가며 간다.

잘 될지가 불안하다….

"…응?"

하지만 예정과 다소 다른데?

이 창고는 꽤나 먼지가 많고 구석에는 망가진 의자나 구멍 뚫린 갑옷 같은 게 잡다하게 버려져 있었다.

조금 더 깨끗한 곳이라고 했는데….

뭐, 연극이란 걸 들키지 않도록 제대로 한다고 했으니까 그런 거겠지.

"으음… 으응…?"

잠시 뒤에 아가씨가 깨어났다.

눈을 떠서 모르는 장소라는 걸 깨달은 그녀는 퍼뜩 몸을 일으키려고 했지만, 손이 뒤로 묶인 탓인지 송충이처럼 지면에 쓰러졌다.

"뭐야, 이거!"

아가씨는 움직일 수 없다는 걸 알자마자 바로 소리치기 시작했다.

"웃기지 마! 내가 누구인지 알아?! 이거 풀어!"

엄청 목소리가 컸다.

저택에 있을 때도 생각했지만, 그녀는 목소리를 낮출 줄을 모른다.

그 넓고 넓은 저택의 구석부터 구석까지 울리도록 하려는 걸까….

아니, 아무 생각도 없겠지. 아가씨의 할아버지, 사울로스는 일단 큰 목소리로 상대를 위압하는 타입이다. 그녀를 귀여워하는 할아버지가 고용인이나 필립에게 큰소리치는 것을 몇 번이나 목격했겠지.

아이는 흉내를 낸다. 안 좋은 거라면 특히나.

"시끄러, 망할 꼬맹아!"

아가씨가 소리치자, 난폭하게 문이 열리고 남자 하나가 들어왔다.

조악한 복장. 온몸에서 풍기는 냄새. 벗겨진 머리. 다박수염.

산적입니다, 라는 말과 함께 명함을 내밀어도 납득할 만한 남자였다.

나이스 초이스다. 이거라면 자작극이라고 들킬 일도 없겠지.

"뭐야! 냄새 나! 다가오지 마! 너 냄새나잖아! 내가 누구인지 알아? 당장 길레느가 와서 너 같은 건 두 쪽을 낼 거야!"

퍼억.

아픈 소리와 함께 아가씨가 걷어차였다.

아가씨는 숙녀라고 생각할 수 없는 소리를 내면서 날아갔다.

부웅 하늘에 떠서 벽에 부딪쳤다.

"망할 꼬맹이가! 어디서 그딴 소리야, 아앙?! 네가 영주의 손녀라는 건 알고 있어!"

손이 뒤로 묶여서 움직일 수 없는 아가씨를 남자는 사정없이 짓밟았다.

지, 지나친 거 아닌가?

"아, 아파… 그만, 으으…. 그만, 아윽… 그만해….."

"퉤."

남자는 꽤나 오랫동안 아가씨를 걷어찼다.

마지막에는 그 얼굴에 침을 뱉고 나를 찌릿 노려보았다.

슬쩍 눈을 피한 순간 얼굴을 걷어차였다.

"…으윽!"

아프다.

연기라고 해도 조금 더 살살해 줬으면 좋겠는데.

뭐, 치유 마술을 쓸 수 있긴 하지만.

"흥! 풀어진 얼굴이나 하고…!"

그런 말을 남기고 그는 창고에서 나갔다.

문 너머로 소리가 들려왔다.


"조용해졌냐?"

"그래."

"죽이진 않았겠지…. 너무 흠이 나면 가격이 내려간다?"


왠지 대화가 이상했다.

박진감 넘치는 연기…라면 좋겠는데, 그런 느낌이 아니었다.

어쩌면 이건 그걸지도 모르겠다.

"음? 뭐, 괜찮겠지. 최악의 경우는 남자애만이라도 괜찮겠고…."

안 괜찮아.

"……."

목소리가 들리지 않게 되고 꼬박 300초 정도 지난 뒤, 나는 밧줄을 불 마법으로 태워서 끊고 아가씨에게 다가갔다.

아가씨는 코피를 흘리면서 공허한 눈으로 뭐라고 중얼거리고 있었다.

귀를 기울여 보니, 절대로 용서 못 한다든가, 할아버님에게 일러 주겠다든가, 들어줄 수 없는 무시무시한 말을 계속 내뱉고 있었다.

아무튼 얼마나 다쳤는지를 확인하였다.

"힉!"

고통을 느꼈는지 아가씨는 겁먹은 얼굴로 나와 시선을 맞추었다.

나는 입에 손가락을 하나 세워서 조용히 하라는 제스처.

아가씨의 반응을 보면서 환부를 확인.

뼈가 두 개나 나갔다.

"어머니 되시는 자애의 여신이여, 그자의 상처를 막고 건강한 몸을 돌려주소서 '익스힐링'."

작은 목소리로 중급 힐링을 외워서 아가씨의 몸을 치료했다.

치유 마술은 마력을 넣는다고 효과가 좋아지는 것도 아니다.

제대로 나았을까.

뼈가 이상한 식으로 붙지 않았으면 좋겠는데….

"어…어라? 아픈 게…."

아가씨는 신기하다는 얼굴로 자기 몸을 내려다보았다.

나는 그녀의 귀 근처로 입을 가져가서 소곤소곤 귓속말을 건 넸다.

"쉿, 조용히. 뼈가 부러졌기에 치유 마술을 썼습니다. 아가씨, 아무래도 영주님을 못마땅하게 여기는 불한당들에게 끌려온 모양입니다. 그러니까…."

아가씨는 말을 듣지 않았다.

"길레느! 길레느, 도와줘! 죽을 것 같아! 얼른 도와줘!"

엄청나게 큰 목소리로 외쳤다.

나는 즉각 밧줄을 옷 밑에 숨기고 방구석으로 튀어갔다. 벽은 등지고 두 손을 뒤로 돌려서 아직 묶여 있는 척했다.

아가씨의 최대급의 외침에 남자가 쾅 하고 난입.

"시끄러!"

아가씨는 아까보다 더욱 세게 얻어맞았다.

학습능력이란 게 없나….

"빌어먹을, 다음에 떠들면 죽여 버린다!"

참고로 나도 두 번 걸어차였다.

아무것도 안 했으니까 찰 것 없잖아. 나도 울 것 같다….

그렇게 생각하면서 아가씨에게로 이동했다.

"흐윽… 꺼흑…."

심하다.

갈비뼈는 모르겠지만 아가씨가 입에서 피를 토하는 걸 보면 내장이 파열된 걸지도 모르겠다. 팔다리의 뼈도 부러졌다.

의료에 대해 잘 아는 건 아니지만, 이렇게 내버려두면 죽는 거 아닌가?

"신성한 힘은 방순한 양식, 힘을 잃은 자에게 다시금 일어날 힘을 주어라 '힐링'."

아무튼 초급으로 약간 치료했다.

입에서 나오는 피가 멎었다. 이거면 죽진 않겠지… 아마도.

"으으… 아, 아직, 아파…. 제, 제대로 치료…하란 말이야."

"싫습니다. 치료하면 또 걷어차일 거잖아요. 자기 힘으로 치료하세요."

"모, 못 해…. 그런, 거…."

"배웠으면 할 수 있었겠죠."

나는 그렇게만 말하고 창고 입구 쪽으로 이동했다.

그리고 문에 귀를 대었다.

그들의 대화를 조금 더 듣고 싶었다.

아무래도 사전의 이야기와는 달랐다. 아무리 그래도 아가씨를 저렇게 구타하는 건 지나치다.

"그래서 그 녀석한테 팔아치우는 거야?"

"아니, 몸값을 받을까?"

"쫓아오지 않을까?"

"상관없어. 그때면 이미 옆나라에 있을 테니까."

진짜로 팔아치우려는 듯한 대화가 들려왔다.

여자애를 유괴해달라고 아는 이에게 부탁했더니 우연히 본직이 끼어들었다는 느낌일까?

어디서부터 어긋난 걸까? 우리를 유괴할 예정인 이들이 선수를 뺏긴 걸까, 아니면 처음부터 이러려는 거였을까. 혹시 필립이 딸을 팔았다든가?

마지막 건 아니겠지.

—뭐, 좋아. 어찌 되었든 내가 할 일은 변함없다.

'안전'이라는 말이 사라졌을 뿐이다.

"팔아치우는 것보다 몸값을 받는 게 더 돈이 될 텐데?"

"아무튼 밤까지 결정하자고."

"어느 쪽이든 말이지."

우리를 어디에 팔지, 영주에게 몸값을 요구할지를 놓고 다투는 듯했다.

그리고 밤에는 여기를 뜨려는 모양이었다.

그렇다면 해가 지기 전에 움직여야겠지.

"좋아."

하지만 어떻게 한다.

마술로 문을 박살내고 마술로 유괴범을 쓰러뜨린다. 자기를 구타한 유괴범을 쓰러뜨린 나를 아가씨는 존경….

…할 것 같지 않은데.

묶여 있지 않았으면 자기도 이겼다고 생각할 것 같다.

게다가 결국은 폭력이라고 생각하는 것도 좋지 않다.

폭력은 아무것도 낳지 않는다고 가르치지 않으면 계속 얻어맞는 꼴이 된다.

더 무력감을 주고 싶다.

'…애초에 내가 유괴범에게 이긴다고만 할 수도 없고.'

유괴범이 파울로나 길레느와 비슷하게 강하다면 분명히 질 것이다.

그렇다면 나는 틀림없이 죽겠지.

좋아, 일단 유괴범에게는 노터치로 여기를 탈출하자.

나는 뒤를 돌아 아가씨의 상태를 확인했다.

"……"

분노가 어린 눈으로 나를 노려보고 계셨다.

으음.

아무튼 작업에 들어가자.

일단 흙과 불의 마술을 써서 문 틈새를 메웠다. 그리고 손잡이를 불 마법으로 천천히 녹여서 열리지 않도록 고정했다.

이렇게 해서 열리지 않는 문이 완성되었다. 하지만 문을 부수려고 들면 금방 부수겠지. 어디까지나 보험이다.

　창문으로 다가갔다. 작은 채광용 창에는 쇠창살이 쳐져 있었다.

　불 마술을 한 점에 집중시켜서 쇠창살을 태울까 생각했지만, 뜨거울 것 같아서 그만두었다.

　여러모로 시험한 끝에 쇠창살 주위의 흙을 물 마술로 조금씩 녹여서 쇠창살을 통째로 빼내는 것에 성공했다. 어린애 하나 정도라면 통과할 만한 구멍이 생겼다.

　이걸로 탈출 루트는 완성되었다.

　"아가씨, 아무래도 영주님을 못마땅하게 여기는 불한당들에게 끌려온 모양입니다. 오늘 밤에는 동료가 오니까 다 같이 죽여 버리자는 이야기를 하고 있었습니다."

　"거…거짓말…이지?"

　물론 거짓말이다.

　하지만 아가씨의 얼굴이 새파래졌다.

　"저는 죽고 싶지 않으니 도망치겠습니다…. 그럼 이만."

　쇠창살을 빼낸 곳에 손을 대고 영차 소리와 함께 몸을 들어올렸다.

　그와 동시에 문 쪽에서 소리가 들렸다.

　"어이, 안 열리잖아! 어떻게 된 거야!"

　난폭하게 문을 쾅쾅 두드리는 소리가 들렸다.

　돌아보니 아가씨가 절망적인 얼굴로 문과 나를 교대로 보고 있었다.

"아… 두, 두고 가지 마… 살려줘…."

어라, 의외로 간단하게 넘어오는군.

역시나 아가씨라도 이 상황은 위험하다고 봤나.

나는 재빨리 아가씨에게 다가가서 귓가에 속삭였다.

"…집에 도착할 때까지 제 말을 듣겠다고 약속할 수 있겠습니까?"

"드, 들을게, 들을 테니까…."

"큰 소리를 내지 않겠다고 약속할 수 있습니까? 길레느는 없습니다."

"할게, 할 테니까… 어, 얼른, 오겠어…. 그 녀석이 오겠어…!"

아가씨는 고개를 끄덕였다.

공포와 초조함 어린 얼굴은 나를 때리던 때와는 천지차이였다.

일방적으로 얻어맞는 자의 마음을 이해해 준 모양이라 다행이군.

"약속을 깨면 그때야말로 버리고 갈 테니까요."

나는 가능한 한 냉정하게 들리도록 말하고 흙 마술로 문을 거듭 메웠다.

불 마술로 밧줄을 태우고 힐링으로 상처를 완전히 치료했다.

그리고 창문을 통해 밖으로 나가 아가씨를 끌어올렸다.

★　　★　　★

창고 밖으로 나가자, 그곳은 낯선 동네였다.

성벽이 없는 걸 보면 적어도 로아는 아니였다.

마을이라고 할 정도로 작지는 않지만 좁은 동네였다. 다음 수를 쓰지 않으면 금방 들키겠지.

"휴우, 여기까지 오면 괜찮겠네!"

따돌렸다고 착각했는지 아가씨가 갑자기 큰 목소리로 말했다.

"집에 돌아갈 때까지 큰 소리를 내지 않겠다고 약속하지 않았습니까?"

"흥! 왜 내가 너랑 한 약속을 지켜야 하는데?!"

아가씨는 당연하다는 듯이 말했다.

이 꼬맹이가….

"그렇습니까. 그럼 여기서 작별입니다, 안녕히."

"흥!"

아가씨는 콧방귀를 한 차례 뀌고 걸어갔지만, 다음 순간 멀리서 노성이 들려왔다.

"망할 꼬맹이가! 어디로 갔냐!"

문을 박살냈는지, 아니면 창문으로 상황을 확인하려고 했더니 쇠창살이 빠진 것을 발견해서 도망친 걸 알고 쫓아온 걸까.

"…힉."

아가씨는 작은 비명을 지르고 곧바로 돌아왔다.

"바, 방금 그건 거짓말이야. 이제 큰 소리 안 낼게. 집까지 안 내해."

"…저는 아가씨의 하인도 고용인도 아닙니다만."

뻔뻔스러운 말에 살짝 짜증이 났다.

"뭐, 뭐야, 가정교사잖아?"

"아닙니다."

"어?"

"아가씨가 마음에 안 든다고 말씀하시는 바람에 아직 고용되지 않았습니다."

"고, 고용할게…."

아가씨는 어쩔 수 없다는 얼굴로 고개를 돌렸다.

여기선 확약이 필요하다.

"그렇게 말해 놓고선 저택에 돌아간 순간 아까처럼 약속을 깰 거 아닌가요?"

가능한 한 차갑게 말했다.

감정을 싣지 않고 담담하게.

하지만 너는 분명히 그러리라고 선언하는 듯한 어조로.

"야, 약속, 안 깰 테니까… 도, 도와… 살려줘…."

"큰 소리를 내지 않는다, 제 말을 듣는다, 확실히 약속해 주신다면 따라와도 좋습니다."

"아, 알았어."

아가씨는 얌전히 끄덕였다.

좋아.

그럼 다음 행동으로 들어가자.

일단은 팬티 속에 숨겨두었던 아슬라 동화 다섯 닢을 꺼냈다.

이게 현재의 전 재산이다.

참고로 동화의 가치는 은화의 10분의 1. 미덥지 않은 자금이다.

그렇다고는 해도 이것만 있으면 충분하겠지.

"따라오세요."

나는 때때로 들려오는 노성으로부터 멀어지도록 동네 입구까지 이동했다.

입구에는 문지기가 한가한 표정으로 서 있었다.

그에게 동화 한 닢을 건넸다.

"저희 행방을 찾는 사람이 오거든 밖으로 나갔다고 말씀해 주세요."

"어? 뭐? 애들? 알긴 알았다만, 숨바꼭질이라도 하는 거냐? 아니, 거금이잖아… 어디 귀족님이냐…?"

"잘 부탁드립니다."

"그래, 알았다."

건성으로 대답했지만 시간 정도는 벌 수 있겠지.

이어서 입구 부근에 있는 승합마차 대합실로 향했다.

이용방법과 운임이 벽에 적혀 있지만, 이건 미리 확인해 두었다.

내친 김에 현재 위치도 판명되었다.

"여기는 로아에서 두 역 떨어진 위덴이라는 이름의 동네인 모양이에요."

아가씨에게 소곤소곤 귓속말을 했다.

아가씨도 큰 소리를 내지 않겠다는 약속을 지키는 건지, 소곤소곤 대답했다.

"어떻게 알았어?"

"적혀 있잖아요."

"못 읽어…."

좋아, 좋아.

"글을 읽을 줄 알면 편리합니다. 승합마차의 이용방법도 적혀 있으니까요."

그렇다고는 해도 하루 만에 여기까지 옮겨놓다니.

모르는 동네는 불안하다. 트라우마가 되살아날 것 같다.

아니, 나는 헬로워크의 장소도 몰랐던 그 무렵과는 다르다.

그러고 보면 파울로와 헬로는 어딘가 모르게 발음이 비슷하군.

그렇게 생각하다가 노성이 가까이 다가오는 걸 느꼈다.

"제길! 어디로 숨었지! 튀어나와!"

"숨어요…!"

나는 아가씨를 껴안고 대합실 화장실에 들어가서 문을 잠갔다.

밖에서 시끄러운 발소리가 들렸다.

"어딨냐!"

"도망칠 수 있을 것 같냐!"

우오오, 무섭다.

그만둬, 그렇게 소리치면서 찾아다니지 마. 하다못해 조금 더

간드러진 목소리로 말하라고. 그러면 속아서 나올지도 모르잖아? 안 나가겠지만.

"제길, 여긴 없어!"

이윽고 목소리는 멀어졌다. 일단은 안심이겠지.

하지만 방심은 금물이다. 허둥대는 녀석들일수록 같은 장소를 몇 번이고 찾으러 오는 법이니까.

"…괘, 괜찮아?"

아가씨가 입가를 손으로 누르면서 바들바들 떨었다.

"뭐, 들키면 한껏 저항해 보죠."

"그, 그래…. 좋아…!"

"아마 못 이기겠지만요."

"그, 그래…?"

아가씨가 기운을 낼 것 같기에 살짝 방향 수정.

느닷없이 때리고 들기라도 하면 곤란하니까.

"그런데 아까 운임을 봤는데, 여기서부터는 승합마차를 두 차례 갈아타야만 합니다."

"…갈아타?"

그게 어쨌냐는 듯한 아가씨의 얼굴.

"승합마차는 아침 8시부터 두 시간 간격으로 다섯 대 갑니다. 이건 어느 동네고 마찬가집니다. 그리고 여기서 이웃마을까지 세 시간은 걸립니다. 이번에 떠나는 게 네 대째입니다. 즉…."

"즉?"

"이웃마을에 도착해도 거기서 로아로 가는 마차는 없습니다.

하룻밤은 다음 동네에 머물러야만 합니다."

"그! …그, 그래, 흐응."

뭐라고 소리치려는 것 같았지만 아가씨는 꾹 참았다.

큰 소리를 내지 않도록 조심해 줘.

"지금 동화가 네 닢 있지만, 여기서 이웃마을, 이웃마을에서 하룻밤, 이웃마을에서 로아, 이렇게 세 번에 걸쳐 돈을 낸다면 아슬아슬합니다.

"아슬아슬…. 모자라진 않겠지?"

"괜찮을 겁니다."

아가씨는 가슴을 쓸어내렸다.

하지만 안심하기엔 아직 이르다.

"거스름을 속이지 않는다면 말이죠."

"거, 거스름…?"

아가씨는 무슨 이야기인지 모르겠다는 얼굴을 했다.

심부름을 가 본 적이 없는 걸지도 모른다.

"숙소나 승합마차의 사람들은 우리 같은 애들을 보고 계산을 못 할 거라고 생각하겠죠. 그러면 우릴 속이고 거스름을 적게 줄지도 모릅니다. 그 자리에서 잘못을 지적하면 제대로 된 거스름을 받을 수 있겠죠. 하지만 혹시 계산을 못 한다면…."

"어떻게 되는데?"

"마지막 승합마차를 못 타게 됩니다. 그리고 아까 남자들에게 따라잡혀서…."

아가씨가 바들바들 떨기 시작했다.

당장이라도 지릴 것 같은 눈치였다.

"아가씨, 화장실은 저쪽입니다."

"아, 알고 있어."

"그럼 잠깐 밖을 보고 오겠습니다."

밖으로 나가려는데 옷소매를 붙잡혔다.

"가, 가지 마."

아가씨가 오줌 누는 모습에 한차례 흥분한 뒤 밖으로 나갔다.


남자들은 없는 모양이었다.

동네 밖을 찾기 시작했는지, 안을 뒤지고 있는지는 모른다.

들키면 마법을 난사해서 무력화시킬 수밖에 없다.

이길 수 있는 상대이기를 빌면서 대합실 구석에 숨듯이 대기하다가 출발 시간과 동시에 마부에게 돈을 주고 마차에 올라탔다.

이웃마을에는 어떻게든 도착할 수 있었다.

아가씨에게 세상의 가혹함을 가르쳐 주기 위해서 숙소는 폐가나 마찬가지인 곳으로 했다. 지푸라기 침대였다.

아가씨는 흥분해서 잠이 오지 않는 모양이었다.

무슨 소리가 들릴 때마다 움찔 놀라 몸을 일으키고 겁먹은 눈으로 입구를 노려보다가, 시간이 지나 아무것도 아니라는 걸 알면 안도의 숨을 내쉰다— 이걸 계속 반복하였다.

다음날 아침 첫 마차에 탔다.

아가씨는 수면부족인지 충혈된 눈이었지만, 졸린 기색은 없었고 마차 뒤쪽을 몇 차례나 확인하였다.

말을 탄 사람이 몇 번 뒤에서 추월하긴 했지만 유괴범은 아니었다.

상당한 거리를 이동했으니까 포기한 걸지도 모르겠다.

나는 느긋하게 그렇게 생각했다.

몇 시간. 아무런 문제도 없이 로아에 도착했다.

든든한 성벽을 통과하고 저기 멀리 영주의 저택을 바라보니 안도감이 밀려들었다.

여기까지 오면 안전하다고 무의식적으로 생각했다.

마차에서 내려서 저택을 향해 걷기 시작했다. 발걸음은 가벼웠다. 몇 시간이나 마차를 탄 데다가 처음으로 지푸라기 위에서 잔 탓에 나도 피로했다.

그 한순간의 빈틈을 찌르듯이— 아가씨가 뒷골목으로 끌려갔다

방심했다.

"…어?"

나는 2초 정도 그걸 알아차리지 못했다.

고작 2초 눈을 뗀 사이에 아가씨의 모습이 사라졌다.

정말로 사라졌나 싶었다. 시야 구석에 들어온 것은 건물 구석으로 끌려가는 아가씨의 옷과 같은 색의 천 조각.

재빨리 뛰어갔다.

뒷골목으로 들어기자 아가씨를 들쳐 메고 뒷골목으로 도망치려는 2인조의 모습이 눈에 들어왔다.

"큭!"

나는 재빨리 흙 마술로 벽을 만들었다.

내 손에서 발사된 마술은 그들의 앞에 커다란 토벽을 만들어냈다.

앞길이 가로막힌 그들은 순간 눈앞에 나타난 벽에 발이 묶일 수밖에 없었다.

"뭐지?!"

"으읍!"

아가씨는 재갈이 물린 모습으로 울상을 하고 있었다.

몇 초 동안에 재갈이라니 대단하군. 엄청나게 빠른 솜씨다.

더군다나 한 대 때리기라도 했는지 아가씨의 뺨이 붉게 부어 있었다.

상대는 두 명이었다. 남자 2인조.

한쪽은 나를 걷어찼던 난폭한 놈. 다른 한 명은 아마도 그 창고에서 그와 이야기했던 패거리겠지. 양쪽 다 산적 같은 차림을 하고 허리에는 검까지 차고 있었다.

"뭐야, 꼬맹이인가. 그대로 돌아갔으면 집에 갈 수 있었을 텐데….”

두 사람은 갑자기 발생한 벽에 놀랐지만, 돌아보니 내가 있는 걸 알고 히죽 웃었다.

난폭한 쪽은 그대로 무방비하게 다가오려고 했다.

다른 쪽은 아가씨를 붙잡고 있었다. 달리 패거리는 없는 걸까….

아무튼 위협의 위미로 손끝에 작은 불구슬을 만들어냈다.

“음! 이 자식!”

그걸 본 순간 난폭한 쪽은 즉각 검을 뽑았다.

다른 쪽도 재빨리 경계하며 아가씨의 목덜미에 검을 들이대고 슬금슬금 물러나기 시작했다.

“이 꼬맹이가, 묘하게 차분하다 했더니 호위 마술사였나…. 그러니 간단히 도망쳤군. 망할, 겉모습에 속았어! 마족이었나!”

“호위는 아닙니다. 아직 고용된 것도 아닙니다.”

마족도 아니지만 그건 딱히 정정하지 않아도 될까.

“뭐? 그럼 왜 방해하지?”

“아뇨, 이제부터 고용될 예정이라서요.”

“흥, 돈이 목적이냐?”

돈.

마법대학 학비를 벌기 위해서니까 꼭 틀리다고만 할 순 없나.

“부정하진 않겠습니다.”

그렇게 말하자 그는 입가를 히죽 일그러뜨렸다.

“그럼 우리랑 한패 먹자고. 내가 아는 놈 중에 신분 높은 여자를 비싸게 사 주는 변태 귀족이 있어. 여기 영주는 손녀딸을 그렇게 귀여워한다고 하니까, 뭣하면 몸값을 요구하는 것도 괜찮지. 얼마든지 낼 거야."

"호오…"

감탄하듯이 소리내자 아가씨가 창백한 얼굴로 내 쪽을 보았다.

그녀도 내가 마법대학의 학비를 위해 고용되려는 것을 아는 걸지도 모르겠다.

"그건 구체적으로 어느 정도?"

"한 달에 금화 한두 닢 같은 쩨쩨한 레벨이 아냐. 바로 금화 100닢."

자랑스러운 얼굴로 그렇게 떠들었다.

이쪽의 시세가 어느 정도인지는 모르겠지만, '100만 엔이다, 대단하지?' 라는 느낌일까. 초등학생 같군.

"헤헷, 너도 그런 꼬락서니지만 사실은 나이깨나 먹었지?"

"음? 왜 그렇게 생각합니까?"

"아까 마술도 그렇고 그 차분한 모습을 보면 알지. 마족 중에는 그런 종족도 있다고 하고. 외모가 어려서 고생했지? 그럼 돈의 소중함도 알겠지? 안 그래?"

"그렇군요."

모르는 사람이 보면 그런가. 분명히 체감 연령은 마흔 살을 넘었다.

빙고다. 정답. 역시나 산적이군.

"분명히 이 나이까지 살면서 돈의 소중함은 뼈저리게 배웠습니다. 전혀 모르는 곳에서 한 푼도 없이 옷 한 벌만 걸친 채 쫓겨난 적도 있습니다."

"헤헤헤, 그렇지?"

물론 그 이전에는 돈 걱정 따윈 전혀 하지 않는 생활을 해 왔다.

20년 가까운 니트족 생활. 야겜과 인터넷 게임에 빠져 지낸 내 반평생.

거기서 나는 어떤 사실을 배웠다.

여기서 아가씨를 배신하는 것의 의미.

여기서 아가씨를 돕는 것에서 이어지는 전개.

"그러니까 돈보다 소중한 것도 알고 있습니다."

"입에 발린 소리 하지 마!"

"입에 발린 소리가 아닙니다. 돈으로는 '호감도'를 살 수 없습니다."

어차, 이런. 본심이 새어나왔다.

"호감도? 그게 또 무슨 소리야?"

난폭한 쪽은 기막히다는 얼굴을 했지만, 교섭이 결렬되었다는 사실은 전해진 모양이었다. 기분 나쁜 미소가 사라지고 험악한 표정을 하며 아가씨의 목덜미에 검을 댔다.

"그럼 이 녀석은 인질이다! 일단 그 불덩어리를 하늘에라도 날려 버려."

"…하늘에 대고 쏘면 됩니까?"

"그래. 실수로라도 그 손을 우리 쪽으로 향하진 말라고. 아무리 빠르더라도 이 계집의 목을 찢고 방패로 삼는 쪽이 빠르니까."

그냥 불덩어리를 지우라고는 하지 않나. 아니, 모르는 걸지도 모른다.

주문 마술이란 발사까지가 자동적이고.

마술을 제대로 배우지 않은 사람은 그런 자세한 면까지는 모르겠지.

"예이."

나는 발사하기 전에 마력을 조작하여 불덩어리에 살짝 손을 보았다.

불덩어리 안에 특수한 불덩어리를 또 하나 만들었다.

그리고 발사.

푸슛 하는 김빠지는 소리를 내며 불덩어리가 날아오르고.

거대한 폭발이 공중에서 일었다.

"어!"

"오오?!"

"으읍?!"

고막이 찢어질 듯한 굉음. 눈부신 빛. 화상을 입을 정도의 열기가 쏟아지고 모두가 위쪽을 올려다본 순간.

나는 달렸다.

달리면서 마술을 썼다. 버릇처럼 두 종류의 마술을 구축.

오른손에는 바람의 중급 마술 '소닉 붐'.

왼손으로는 흙의 중급 마술 '스톤 캐논'.

각각을 두 사람에게 날렸다.

"키아아!"

소닉 붐은 위를 올려다보는 난폭한 쪽의 팔을 질라냈다.

"우웁!"

난폭한 쪽이 아가씨를 떨어뜨렸지만 재빨리 캐치하여 받아 안았다.

"칫! 얕보지 말라고!"

다른 쪽을 힐끔 보니 스톤 캐논이 두 동강 나고 있었다.

"우와⋯."

이거 위험하다. 바위를 가르고 있어. 유파는 모르겠지만 아무튼 위험하다. 파울로 정도로 세면 위험하다. 못 이길 상대일지도 모르겠다.

"으으으⋯."

나는 바람과 불의 혼합 마술로 발치에 폭발파를 만들어 날렸다.

다리뼈가 부러지나 싶은 정도의 충격이 있었다.

한 발 늦게 내가 있던 장소를 검이 통과했다. 코끝에 검이 스치고 부웅 하는 소리가 귀에 남았다.

위험했다.

하지만 파울로만큼 빠르진 않았다.

그럼 여기선 차분하게 가면 된다. 검사를 상대로 하는 시뮬레이션은 몇 번이나 연습했다. 연습한 대로 하면 분명 이길 수 있겠지.

나는 공중에 뜬 상태로 다음 마술을 준비했다.

일단 파이어 볼을 녀석의 얼굴을 향해 날렸다.

사출속도는 느리게.

"이딴 거!"

녀석은 그걸 보고 받아치려고 검을 들었다.

착탄까지의 타임랙 동안 물과 흙의 마술을 사용하여 녀석의 발치에 진흙탕을 만들었다. 불구슬은 깨졌지만, 무릎까지 오는 끈적대는 늪에 빠진 녀석의 움직임이 멎었다.

"뭐?!"

좋아, 이겼다.

나는 그렇게 확신했다.

녀석은 이제 뛸 수 없다. 불구슬은 깨졌지만, 그때 우리는 이미 녀석의 사정거리 밖이다. 아가씨를 안고 있긴 해도 인파 속에 섞여 버리면 이쪽이 이긴다. 뭣하면 큰 소리로 도움을 요청해도 좋다.

—라고 생각한 순간이었다.

"놓칠까 보냐!"

갑자기 녀석이 검을 던졌다.

그때 파울로의 가르침이 뇌리에 되살아났다. 북신류에는 다리를 베였을 때 검을 던지는 기술이 있다고.

원거리에 있는 상대에게 검을 던져서 꿰뚫는 기술이 존재한다고.

검은 똑바로, 엄청난 속도로 나를 향해 날아왔다.

피할 수 없다고 반사적으로 깨달았다.

검이 날아오는 게 슬로우 모션으로 보였다.

궤도는 머리다.


죽음.


내가 '죽음'이라는 단어를 떠올린 다음 순간.

다갈색의 뭔가가 눈앞에 튀어나왔다.

동시에 도자기가 갈라지는 듯한 키잉 소리가 나며 검이 떨어졌다.

"어?"

눈앞에 있던 것은 등이었다.

넓고 다부진 등이었다. 올려다보니 귀가 튀어나온 뒷머리가 있었다.

길레느 데돌디어였다.

그녀는 이쪽을 힐끗 보고 살짝 고개를 끄덕였다.

"뒷일은 맡겨라."

그녀가 그렇게 말하고 허리의 검에 손을 댄 순간― 붉은 섬광이 공중을 내달렸다.

"…어?"

수렁에 다리가 걸린 남자의 목이 날아갔다.

거리상 분명히 검이 닿지 않는 위치였음에도 불구하고.

"아니, 어디서 나타나…."

길레느의 꼬리가 꿈틀 움직인 순간 다른 쪽의 목도 떨어졌다.

툭 하는 소리가 여기까지 들려온 듯했다.

도저히 이해할 수 없었다.

"……."

몇 미터 떨어진 위치에 있는 두 사람의 몸이 쓰러지는 것을 그저 멍하니 바라보았다.

현실 광경으로는 보이지 않았다. 무슨 일이 일어난 건지 이해가 되지 않았다.

어? 죽었어?

그런 짧은 말이 머릿속에 떠올랐을 뿐이다.

"흠. 루데우스. 적은 둘뿐인가?"

그런 말에 퍼뜩 정신을 차렸다.

"아, 예. 고맙습니다. 길레느… 씨?"

"씨는 됐다. 길레느라고만 불러라."

길레느는 고개를 돌려서 끄덕였다.

"갑자기 공중에서 폭발이 일어난 것을 보고 왔는데 정답이었군."

"꽤, 꽤나 빠르네요. 그리고 순식간에 쓰러뜨렸고…."

마술을 쓰기 시작한 지 1분 정도밖에 지나지 않았다.

아무리 그래도 너무 빠른 거 아냐?

"근처에 있었다. 그리고 빠른 것도 아니지. 데돌디어족의 전사라면 누구든 그 정도는 금방 해치울 수 있다. 그런데 루데우스는 북신류와 싸우는 게 처음인가?"

"실전 자체가 처음이에요."

"그런가. 놈들은 죽기 직전까지 포기하지 않는다. 주의해라."

죽기 직전….

그래, 죽기 직전이었다.

검이 날아온 순간을 떠올리니 다리가 떨릴 것만 같았다.

실전이었다.

지금 건 죽고 죽이는 싸움이었다.

"도, 돌아가죠."

자칫했으면 죽었다.

여태까지 생각한 적도 없었지만 여기는 이세계다.

검과 마법의 이세계.

다음에 죽으면 나는 어떻게 될까….

뭐라 표현할 수 없는 공포에 등골이 오싹해졌다.

"하아…."

저택에 도착하자 아가씨는 힘없이 그 자리에 철퍽 주저앉았다.

긴장이 풀려서 힘이 빠진 거겠지.

메이드들이 정신없이 달려왔다.

메이드들이 도와주려고 하자 아가씨는 그 손을 쳐내고 갓 태어난 새끼 사슴처럼 부들부들 떨리는 다리로 일어섰다.

팔짱을 끼고 떡 버티고 섰다.

집에 돌아와서 기백을 되찾은 걸지도 모르겠다.

메이드들이 그 모습에 이상한 느낌을 받았는지 멈추었다.

아가씨는 나를 향해 손가락질을 하면서 큰 소리로 외쳤다.

"집에 돌아올 때까지라는 약속이었으니까! 이제 말해도 되겠지!"

"아, 예. 이제 괜찮습니다, 아가씨."

나는 그 큰 목소리를 듣고 실수했다고 직감했다.

그 정도로 제멋대로에 난폭한 아이가 변할 리가 없다.

오히려 실전에서 내가 겁먹었던 것을 아가씨가 눈치챘을지도 모른다. 잘난 척 이래저래 지시하긴 했지만 내가 결국 약하다는 사실을.

"특별히 에리스라고 부르도록 허가해 주겠어!"

아가씨의 말은 내 의표를 찔렀다.

"예?"

"특별하게 봐준 거야!"

─그렇다는 소리는 오케이란 뜻인가?

가정교사로 일해도 된다는 소리?

오, 오오! 진짠가! 서, 성공했다! 아자!

"감사합니다! 에리스 님!"

"님은 필요없어! 에리스라고만 해!"

에리스는 길레느의 말을 흉내내더니 그대로 벌렁 뒤로 쓰러졌다.

이렇게 나는 에리스 보레아스 그레이랫의 가정교사가 되었다.

---

이름 : 에리스 B 그레이랫

직업 : 피트아 영주의 손녀

성격 : 흉포

말 : **듣지 않는 것도 아니다**

읽고 쓰기 : 자기 이름은 쓸 수 있다

산술 : **덧셈까지**

마술 : **흥미는 있다**

검술 : 검신류 초급

예의작법 : 보레아스식 인사는 할 수 있다

좋아하는 사람 : 할아버지, 길레느

---

## 막간　후일담과 보레아스식 인사

유괴 사건을 뒤에서 조종하던 것은 집사인 토마스였다.

그는 유괴범들이 말하던 변태 귀족과 연관이 있었다.

변태 귀족은 전부터 아가씨에게 눈독을 들이고 있어서 그 기승스럽고 건방진 야수를 마음대로 유린하기를 바랐던 모양이었다.

토마스는 돈에 넘어가서 변태 귀족이 준비한 두 남자를 작전에 투입하였다.

정말이지 못 되어 먹은 인간도 다 있다.

다음에 할 때는 나한테 꼭 한 마디 말을 해 주었으면 싶다.

오산이라면 내가 도망칠 정도의 마술을 쓸 수 있다는 사실을 몰랐고, 그 두 사람이 그렇게 충실하지 않았던 점일까.

변태 귀족 쪽은 딱 잡아떼는 바람에 처벌할 수 없었다.

토마스의 증언만으로는 부족하다든가, 유괴범들이 죽는 바람에 변태 신사와의 관계성을 확인할 수 없었다든가, 여러 이유가 있는 모양이었다.

애매모호한 부분은 건드리지 않는다. 정치적인 줄다리기겠지.

사건은 길레느가 모두 다 해결한 걸로 되었다.

그레이랫 가문에 검왕 길레느가 식객으로 있다는 사실을 알려서 앞으로를 예방하는 동시에 집안의 강력함, 유복함을 과시하려는 모양이었다.

나도 누가 묻거든 길레느가 다 처리한 걸로 말하라는 엄명을 받았다.

내 존재를 **다른 그레이랫 가문**에게 알리는 건 조금 안 좋다는 모양이다.

이것 또한 정치적인 줄다리기인가.

아니, 그거 말고는 없겠지.

"그런 걸로. 알겠지?"

"알겠…습니다."

나는 그런 설명을 응접실에서 필립에게 들었다.

필립은 영주의 아들일 뿐이라고 생각했는데, 사실은 로아 시장이라는 직책을 맡고 있는 듯했다. 이번 사건도 모두 필립 선에서 처리되었다나.

"따님이 유괴당했는데 꽤나 여유로우시군요."

"아직까지 행방불명이라면 허둥거렸겠지."

"지당하신 말씀."

"그리고 에리스의 가정교사 건 말인데…."

필립은 앞으로의 일에 대해 말하려 했지만, 기운찬 할아버지가 쾅 하고 문을 난폭하게 열어젖히고 들어왔다.

"다 들었다!"

사울로스다.

그는 응접실에 성큼성큼 들어오더니 내 머리를 덥석 움켜쥐었다.

그리고 난폭하게 쓱쓱 쓰다듬었다.

"에리스를 구해 주었다고 하더군!"

"무, 무, 무슨 말씀이십니까? 길레느가 다 했습니다. 저는 아무엇도 안 했습니다!"

사울로스의 눈이 반짝 빛났다. 맹금류의 눈이었다.

무, 무서워어어!

"이놈! 나한테 거짓말을 할 셈이냐!"

"아, 아뇨, 필립 님이 그렇게 말하라고…."

"필립!"

사울로스는 고개를 돌리자마자 아무런 주저도 없이 주먹을 휘둘렀다.

퍽 하는 불쾌한 소리가 울렸다.

"우읍!"

필립은 얼굴에 주먹을 맞아 소파 뒤로 넘어갔다.

손이 진짜 빠르네. 에리스와는 비교도 안 되는 스피드로 때리고 있어.

"이놈! 자기 딸을 구해 준 은인에게! 고맙단 말도 안 하고! 귀족들이나 하는 하찮은 연극 흉내를 시킬 셈이냐!"

필립은 쓰러진 채 꿈쩍도 않으며 대답했다.

"아버님. 파울로는 쫓겨났다고 해도 그레이랫 가문의 피를 이었습니다. 그렇다면 그 아들인 루데우스도 당연히 그레이랫 가문의 피를 이은 우리 집안의 일원입니다. 번지르르한 칭찬이나 보상보다도 가족으로서 따뜻하게 대하는 것이 올바르다고 생각했습니다."

필립은 쓰러진 자세로 계속 담담하게 말했다.

사울로스에게 얻어맞는 것에 익숙한 걸지도 모르겠다.

"그럼 좋다! 귀족 흉내 따윈 사양이다!"

사울로스는 빈 소파에 털썩 주저앉았다.

때린 건 사과하지 않으려나 보다. 그런 사람이겠지. 여기는 체벌도 오케이인 세계다.

그리고 보면 나도 에리스에게 사과를 듣지 못했군.

도와준 것에 대한 감사도 받지 못했다. …아니, 그건 됐어.

"루데우스!"

사울로스는 팔짱을 끼고 턱을 쳐들더니 거만하게 나를 내려다보았다.

어디선가 본 적이 있는데.

"부탁이 있다!"

그게 남한테 부탁하는 태도인가.

그렇기는 해도 에리스와 똑같은— 아니, 이쪽이 진짜인가. 어린애는 흉내내는 법이니까.

"에리스에게 마술을 가르쳐다오."

"그건,"

"나보고 그렇게 부탁해 달라고 아까 에리스가 그러더군. 루데우스가 쓰는 마술이 눈에 박힌 모양이다."

말 그대로 눈에 박힐 만한 마술이었고.

"물…."

즉각 승낙하려다가 나는 입을 다물었다.

아마도 에리스가 그렇게 된 것은 사울로스가 너무 오냐오냐해서겠지.

죄다 그 탓이라고만 할 순 없겠지만, 사울로스를 흉내내는 모습을 보면 꽤나 영향이 크겠지.

에리스의 성장을 위해선 너무 오냐오냐 하는 걸 그만두게 해야만 한다.

내게 에리스를 제대로 교육할 의리는 없지만, 지금 이대로는 정상적인 수업을 할 수 없다.

눈에 띈 것부터 하나씩 해 나가야겠지.

"그건 사울로스 님이 하실 말씀이 아닙니다. 에리스 본인이 제게 말해야 할 문제입니다."

"뭐라고!"

사울로스는 느닷없이 격분하여 주먹을 쳐들었다.

황급히 손으로 얼굴을 지켰다. 이 할아버지는 무슨 핵폭탄인가….

"부, 부탁을 하고 싶지만 고개를 숙이는 건 싫다. 에리스를 그런 어른으로 키울 생각이십니까?"

"호오! 제법 말은 잘하는군! 맞는 말이다!"

사울로스는 쳐든 주먹으로 무릎을 타악 때리며 고개를 끄덕였다.

그리고 큰 목소리로,

"에리스! 지금 당장 응접실로 와라!"

고막이 찢어지는 줄 알았다.

폐활량이 얼마나 되면 이렇게 큰 소리를 낼 수 있을까….

하지만 에리스도 그렇고, 이 저택에는 고용인을 시켜서 말을 전달하는 문화가 없나?

미개인들….

필립이 소파에 다시금 앉고, 토마스가 아닌 다른 집사(알폰스인가 하는 이름인가 보다)가 활짝 열린 문을 닫았다. 나중에 안 건데 사울로스는 폭풍처럼 나타나서 폭풍처럼 사라지는 일이 많으니까 곧바로는 닫지 않는다고 했다.

밀어서 여는 건 좋아하지만 당겨서 여는 건 싫어한다는, 정말 제멋대로인 할아버지다.

"예!"

사울로스의 목소리에 저택 어딘가에서 대답이 들려왔다.

잠시 뒤에 타타탓 하고 달리는 소리가 들리고,

"지금 왔습니다!"

할아버지 정도는 아니지만 문을 기운차게 열며 에리스가 들어왔다.

에리스의 행동은 모두 할아버지가 기준인가 보다. 어린애는 흉내를 내는 법이니까.

첫날에 얻어맞은 경험이 없었으면 미소마저 나왔을지도 모르지만, 딱 잘라 말해 두지.

이것도 그만두게 해야 한다.

"아…."

에리스는 내가 앉아 있는 걸 보더니 고개를 쳐들고 째려보았다.

보레아스 가문 특유의 위협 포즈인가?

"할아버님, 방금 전의 그건 말씀하셨습니까?!"

사울로스는 벌떡 일어나서 팔짱을 끼고 에리스를 내려다보았다.

똑같은 포즈다.

"에리스! 부탁을 하고 싶거든 직접 머리를 숙여라!"

에리스는 입가를 일그러뜨렸다.

"할아버님, 부탁해 주십사 말씀드렸는데…."

"시끄럽다! 네가 부탁하지 않으면 루데우스의 고용은 없는 걸로 하겠다!"

어?

뭐, 뭐라고?!

어, 하, 하지만 그래, 그런가, 그런 거야….

그건 곤란하지만, 이것도 '내가 뿌린 씨앗'인가?!

"끄, 끄으…."

에리스는 새빨간 얼굴을 하면서 나를 노려보았다. 그건 부끄러워서가 아니라 분노와 굴욕 때문이었다.

할아버님의 앞이 아니라면 '너 같은 건 지옥 밑바닥으로 쫓아내서 갈아 버릴 텐데!'라고 말할 얼굴이었다.

무서워….

"부, 부탁하…."

"그게 남에게 부탁하는 태도냐!"

사울로스가 소리쳤다.

당신이 할 말이 아냐.

"끄으…."
에리스는 그 말에 긴 빨간 머리를 밑동부터 붙잡았다.
옆머리에 꼬리가 두 개 생겼다. 즉석 트윈테일.
그리고 그 모습 그대로 찡긋 윙크했다.


"에, 에리스한테 마술을 가르쳐 주세요냥☆"

헛!
꿈인가. 의식이 날아갔다. 불길한 꿈을 꾼 모양이다.
"읽고 쓰기는 필요없냥☆"
우와아아아, 꿈이 아냐!
뭐, 뭐지, 무슨 일이 일어난 거야?
차원 연결 시스템이 작동해 버렸나?!
얼른 2차원 연결 시스템을 가동해서 나를 애니메이션의 세계
로 데려가 줘!
"산술도 필요없냥☆"
아, 아무튼 무섭다. 무진장 무섭다.
귀여운 포즈일 텐데 공포심밖에 떠오르지 않는다.
입가가 웃는데 눈가는 웃지 않는다. 저건 포식자의 눈이다.
그보다 이게 이 세계에서 '부탁하는 태도'인가?!
말도 안 되는 소리….

"마술만이면 돼냥☆"

장난치나?

이거 혹시 아까보다 악질 아닙니까?

에리스의 얼굴을 봐 주세요.

분노로 얼굴을 새빨갛게 물들이고, 이런 상황만 아니라면 너 같은 건 어퍼컷으로 지옥 밑바닥부터 천국까지 날려 버리겠다는 얼굴이잖아요!

분노가 8, 굴욕이 2, 부끄러움이 0이라고요….

전혀 귀엽지 않거든요?

사, 사울로스 할아버지, 딱 잘라서 한 마디 해 주세요.

"오오, 오~, 에리스는 귀엽구나. 물론 오케이겠지, 루데우스?"

거기에는 완전히 풀어진 호호할아버지가 있었다.

누구?!

아까까지 엄격한 모습을 보이던 나의 든든한 작은 할아버지는 어디로 갔지?!

"주인어르신은 수족을 매우 좋아하십니다. 길레느 님을 고용하셨을 때도 가타부타 없이 단방에."

집사가 친절하게 설명해 주었다. 아하, 과연. 저 트윈테일은 귀구나. 듣고 보니 쳐진 귀 같아 보이기도 한다. 메이드도 수인이 많고.

으흠, 수인군.

으흐음….

"에리스."

여기서 에리스의 아버지 등장!

오오, 당신이 있었군요. 자, 한 마디 해 주세요, 필립 씨!

"허리를 더 쑥 내밀지 않으면 안 되잖아."

아, 이쪽노 틀렸다.

오케이, 그렇군, 이해했어.

그레이랫 가문은 파울로를 포함해서 이런 인간들이군.

파울로는 그래도 나은 부류인가?

"저기, 사울로스… 님. 한 가지, 여쭈어도, 되겠습니까…?"

"뭐냐?"

"나, 남자도 저런 식으로 부탁해야 합니까?"

"멍청한 놈! 남자라면 남자답게 해야지!"

잘은 모르겠지만 호통을 들었다.

나은 편이구나. 성적 기호에서 파울로는 제일 나은 편이었어.

그 인간은 왕가슴을 좋아할 뿐이니까.

하, 하지만 진정해. 차분하게 생각해 보자.

이건 나한테 좋은 걸까, 나쁜 걸까.

"……으음~."

다시금 차분하게 에리스를 보았다.

굴욕과 분노로 정신이 나가 버릴 듯한 얼굴이었다. 사자가 쇠창살을 깨물 것 같은….

하지만 나중 일을 생각하지만 않으면 이건 이거대로 괜찮지 않아?

아니, 잠깐. 반대로 생각하자. 나중 일을 생각해야지.

그래, 에리스는 싫어하잖아!

그녀는 이 풍습에 반대야!

앞으로 내가 단둘이 있을 때 이렇게 부탁하라고 요구한다고 치자.

몇 분 뒤에는 완전히 걸레짝이 된 내가 있을지도 모른다.

좋아, 반대다. 나는 이 습관을 중지시키겠어!

"그게 남한테 부탁하는 태도냐!!"

내 고함소리가 저택에 울렸다.

그 뒤 장시간에 걸친 대연설을 개시.

최종적으로는 내 열의가 통하여 보레아스식 '부탁'은 전면적으로 폐지되었다.


길레느에게 칭찬의 말을 들었고, 에리스에게서는 왜인지 차가운 시선을 받았다.


## 제3화 흉포성, 지금도 시들지 않고


가정교사가 된 지 한 달이 지났다.

시작부터 이런 이야기인데, 에리스가 수업을 듣질 않는다.

그녀는 산술과 읽고 쓰기 시간이 되면 모습을 감추고 검술 훈련이 시작될 때까지 결코 얼굴을 보이지 않았다.

물론 예외는 있었다.

마술 수업만큼은 성실하게 들었다.

처음 파이어 볼을 썼을 때는 정말로 기쁜 얼굴로 팔짝거렸다.

엄청난 기세로 활활 타오르는 커튼을 보면서 그녀는 말했다.

"언젠가 루데우스처럼 커다란 불꽃을 쏘아 올리겠어."

물론 나는 즉각 불을 끄고 내가 보지 않는 곳에서 불 마술을 쓰지 말라는 엄명을 내렸다.

커튼의 불길에 드러난, 만족스러워하는 그녀의 얼굴은 아무리 봐도 방화범의 그것이었지만, 분명히 의욕은 충분했다. 이거라면 다른 과목도 괜찮겠지.

나는 그렇게 생각했지만, 생각이 짧았다고 할 수밖에 없었다.

에리스는 산술과 읽고 쓰기 수업을 전혀 듣지 않았다.

타이르려고 해도 도망쳤다. 붙잡으려고 하면 때리고 도망쳤다. 쫓아가면 돌아와서 다시금 때리고 또 도망쳤다.

산술과 읽고 쓰기의 중요성은 지난 번 사건으로 알았을 텐데 말이다.

정말이지 싫은 모양이다.

그 사실을 필립에게 말하자 '수업을 받게 하는 것도 가정교사의 일이다' 라는 대답이 돌아왔다.

지당하신 말씀.


나는 에리스를 찾기로 했다.

길레느는 진지하게 수업에 참가하지만, 말할 것도 없이 그녀는 덤이다.

길레느만 가르칠 수도 없었다.

에리스는 간단히 발견되지 않았다.

저택에 온 지 한 달 된 나와 몇 년이나 살았던 에리스. 지리감에 차이가 커서 숨바꼭질이 되지 않겠지.

여태까지의 가정교사도 그래서 고생했다는 모양이다.

물론 넓다고 해도 한정된 부지. 최종적으로 찾아내기에 이른 모양이다.

찾아낸 교사는 그대로 에리스에게 두들겨 맞았다.

첫 교사는 그 길로 퇴직했다.

하지만 개중에는 반대로 에리스를 때린 교사도 있는 모양이었다. 폭력에는 폭력으로 대항한다. 나도 그러려고 했다.

하지만 그 교사는 밤중에 목검을 든 에리스에게 기습을 받고 전치 몇 달의 부상을 입고 퇴직했다고 들었다.

에리스의 야습, 새벽 공격을 받아칠 수 있었던 건 길레느뿐이었다나.

나는 그녀를 퇴치할 자신이 없다.

발견해도 병원행이라는 미래밖에 없다면 찾고 싶지 않다.

찾아내서 얻어맞는 건 싫다

마술 수업을 듣는다면 마술만 가르쳐도 좋지 않을까 싶었다. 하지만 필립은 산술이나 읽고 쓰기도 가르치라고 말했다. 마술과 마찬가지로 가르치라고 말했다.

"오히려 마술보다 그쪽이 중요해."

지당하신 말씀.

아예 한 차례 더 유괴 사건을 일으키는 게 좋을지도 모르겠다.

질릴 줄 모르는 애한테는 벌이 필요하다.

그렇게 생각하던 때에 나는 드디어 발견해 버렸다.

마구간의 짚더미에 파묻혀서 배를 드러내고 기분 좋게 자는 에리스를.

"쿠울~ 쿠우울~."

그녀는 색색 숨소리를 내며 자고 있었다. 그 얼굴은 마치 천사 같았다.

하지만 겉모습에 속으면 데빌 리버스다.

물론 악마에게 얻어맞고 피를 토한다는 의미다.

하지만 깨우지 않을 수도 없었다.

일단 감기에 걸리면 안 되겠다 싶어서 에리스의 옷을 끌어내려서 배를 덮어 주었다.

그대로 가슴을 주물주물.

내 안의 선인이 평가했다.

'흠, 아직 AA로군. 하지만 성장률은 높아. 잘 자라면 E 랭크 이상이 되겠구만. 매일 주물러서 성장을 확인하는 거다. 그것도 수행이니라. 허허헛.'

감사합니다, 선인!

충분히 재미 본 뒤에 작은 목소리로 말을 걸었다.

"아가씨, 일어나세요, 에리스 아가씨. 즐겁고 즐거운 산수 시

간입니다."

안 일어나나, 어쩔 수 없지.

못 된 애라면 팬티가 벗겨져도 어쩔 수 없지?

그러면서 움직이기 쉬운 롱스커트 안으로 슬슬 손을 넣으려고 했다. 그 순간.

"웃!"

에리스가 번쩍 눈을 떴다.

에리스의 시선이 자기 다리를 만지는 내 손에서 천천히 얼굴로 이동했다.

"빠득."

졸린 얼굴이 이 가는 소리와 함께 수라로 변했다.

'오, 온다!'

한 발 늦게 에리스가 주먹을 움켜쥐며 벌떡 일어났다.

얼굴인가! 싶어서 다급히 얼굴 앞에서 크로스가드.

"쿠억…!"

충격은 배로 왔다.

주먹은 명치에 깊게 박혔다.

나는 괴로워하면서 무릎을 꿇었다.

토하진 않았다. 데빌만으로 끝났다.

"흥!"

콧소리 한 번, 발차기 한 번.

아가씨는 쓰러진 내 옆을 지나 마구간에서 나갔다.

★　　★　　★

도저히 수가 없었다.

나는 길레느에게 도움을 청했다.

파울로가 뇌세포까지 근육으로 되었다고 평했던 길레느. 그녀가 산술이나 읽고 쓰기를 배울 이유를 말해 주면 분명 설득력도 다르겠지. 그녀의 말이라면 에리스도 들을 것이다.

그런 값싼 생각이었다.

길레느는 처음에는 스스로 알아서 하라는 자세였지만, 물 마법으로 우는 시늉을 하며 부탁했더니 어쩔 수 없이 승낙해 주었다.

간단하군.


자, 어디 솜씨 좀 구경해 볼까.

딱히 의논도 않고 길레느의 수완에 맡기기로 했다.

그녀가 움직인 것은 마술 수업의 휴식시간이었다.

"예전에는 검만 있으면 된다고 생각했다."

길레느는 갑자기 옛날 일에 대해 이야기하기 시작했다.

외톨이였던 자신과 그걸 받아들여 준 스승. 그리고 모험가가 되어서 처음으로 얻은 동료. 긴 전제에서 이어진 것은… 간단한 고생담이었다.

"모험가였던 시절에는 다른 녀석들이 다 해 주었다. 무기, 식량, 소모품, 일상품의 매매, 계약서, 지도, 안내판. 물을 넣은 수

통의 무게, 불씨의 확보, 횃불을 들어서 부자유스러운 왼손….
헤어진 뒤에야 중요함을 알았다."

파티와는 7년 정도 전에 헤어졌다고 했다.

정확하게는 파울로와 제니스가 결혼해서 시골에 정착하는 바람에 해산되었다는 모양이다.

담담히 그렇지 않을까 생각했는데, 길레느와 파울로는 역시 같은 파티였다.

"그대로 나머지 멤버로 파티를 꾸리자는 이야기도 있었지만, 유격을 담당한 파울로와 파티에서 유일한 치유술사인 제니스가 빠졌으니 해산하지 않더라도 언젠가 갈라졌겠지. 당연한 이야기다."

6인 파티.

전사, 검사, 검사, 마술사, 승려, 시프.

직업을 표현하자면 이런 구성이었다나.

당시 검성이었다고 해도 길레느의 공격력은 높다.

전사 (모르는 사람)        : 탱커

검사 (파울로)            : 서브 탱커 겸 딜러

검사 (길레느)            : 딜러

마술사 (모르는 사람)     : 딜러

승려 (제니스)            : 힐러

이러면 꽤나 밸런스 잡힌 파티로 보였다.

참고로 시프란 잡일 담당의 총칭이라나.

자물쇠 따기나 덫 발견, 텐트 설치부터 상인과의 매매까지.

글을 읽고 머리가 잘 돌아가는 똑똑이가 담당하는 모양이다.

상인 출신이 많다고 그랬다.

"하다못해 트레저 헌터라고 불러 주면 좋을 텐데…."

무심코 그렇게 말했지만, 길레느는 흥 하고 콧방귀를 뀌었다.

"그 녀석은 툭하면 파티의 지갑에서 돈을 슬쩍해서 도박을 했으니까. 시프면 충분하다."

"그거, 들키면 멍석말이감 아닌가요?"

"아니, 도박에 재능이 있는 녀석이라서 불러 오는 경우도 많았고, 절반 넘게 잃는 경우가 거의 없었지. 여유 없을 때는 자중했고."

그렇게 말했다.

아무리 불려 오는 일이 있다고 해도 왜 그런 걸 용서해 준 걸까….

이해하기 어렵다.

자랑은 아니지만 나는 도박만큼은 손대지 않았다.

애초에 인터넷 게임에 10만 엔 이상 퍼부었지만.

뭐, 파티 안에 파울로처럼 여성 편력이 있는 녀석도 있으니까, 도덕적으로 그렇게 까칠하지도 않겠지.

그 경계선은 사람마다 다 다르다. 파티마다 자기들의 룰이 있다.

"그러고 보면 검사와 전사의 차이는 뭔가요?"

궁금해져서 물어보았다.

같은 전위라면 일부러 구별할 필요는 없겠지.

"검을 사용하고 유파가 3대 유파라면 검사다. 3대 유파 이외라면 검을 써도 전사, 3대 유파라도 검을 쓰지 않는다면 전사다."

"헤에, 검사란 건 특별한 호칭이네요."

그렇다기보다는 3대 유파가 특별하다.

유괴범을 쓰러뜨렸을 때 길레느의 기술은 대단했다.

발도 타이밍조차 알 수 없었다.

스윽 움직였더니 상대의 목이 툭 하고 떨어졌다.

나중에 들은 건데 '빛의 검'이라고 불리는 검신류의 비기라는 모양이다.

"기사라는 건?"

"기사는 기사다. 나라나 영주에게 임명되면 기사다. 교양이 있으니까 글을 읽고 산술을 할 수 있지. 개중에는 간단한 마술을 쓰는 녀석도 있다. 다만 귀족 출신이 많고 자존심이 강하지."

교양이 있는 건 학교를 다녔기 때문이겠지.

"아버님은 그때 아직 기사가 아니었나요?"

"자세하게는 모르지만, 파울로는 검사라고 하고 다녔지."

"마법검사라든가, 마법전사? 그런 것도 있다고 들은 적이 있습니다."

"공격 마술을 쓰는 녀석 중에는 그렇게 말하는 녀석도 있지. 어떤 직업이든지 자칭하는 건 자유다."

"헤에~."

에리스는 그런 이야기를 반짝이는 눈으로 들었다.

조만간 나나 길레느를 따라서 근처 미궁에 가겠다는 말을 하지는 않을까.

불안했다. 나는 그런 모험보다도 여자에게 둘러싸여서 에로틱한 매일을 보내고 싶다.

아, 이런. 길레느에게 읽고 쓰기의 중요성을 말해달라고 할 예정이었는데.

그만 내 호기심을 우선해서 이야기를 탈선시키고 말았다.

실패.

하지만 불행 중 다행이라고 할까.

다음날부터 에리스는 산술과 읽고 쓰기 수업에도 나오게 되었다.

길레느 덕분이었다. 길레느는 그 뒤로도 기회가 있으면 옛날의 고생담을 들려주었다.

묘하게 위장이 아픈 전개뿐이었지만, 덕분에 에리스도 필요한 것이라고 생각한 모양이었다.

물론 에리스의 경우는 수업 중에 길레느의 이야기를 듣는 게 재미있으니까 참가했을 뿐일지도 모르지만, 결과가 좋으면 만사 오케이

처음부터 이렇게 했으면 좋았다는 생각도 들었지만… 물론 유괴 사건이 없었으면 아마 아가씨는 이야기도 들어 주지 않았겠지.

그 사건 전에는 벌레라도 보는 듯한 눈으로 나를 봤으니까.

그러니까 헛수고는 아니야.

아무튼 일단 잘 풀렸다.

첫 수업으로 사칙연산의 개념을 가르쳤다.

일단 학교에 가거나 가정교사를 둔 적도 있어서 에리스도 간단한 덧셈이라면 할 수 있는 모양이었다.

"루데우스!"

"예, 에리스."

기운차게 손을 드는 에리스를 가리켰다.

"나눗셈이라는 건 왜 필요해?"

그녀는 곱셈과 나눗셈의 중요성을 이해하지 못했다.

그 이전에 에리스는 뺄셈이 서툴렀다.

자릿수가 변하는 뺄셈에서 산수를 포기하는 패턴인 듯했다.

"필요하다기보다는 곱셈과 반대로 하는 것뿐입니다."

"어디에 쓰냐고 묻잖아!"

"그렇군요. 예를 들어서 은화 백 닢을 다섯 명에게 나누어주고 싶을 때라든가."

"예전 강사도 똑같은 소리를 했어!"

에리스는 책상을 쾅 내리쳤다.

"그러니까 왜! 균등하게! 나눌 필요가 있냐고!"

그래, 하기 싫은 아이는 그런 핑계를 늘어놓지.

하지만 딱 잘라 말해서 그건 전혀 중요하지 않아.

"자, 그건 그 다섯 명에게 물어봐야죠. 다만 균등하게 나누고 싶을 때에 나눗셈을 할 줄 알면 편리할 뿐입니다."

"편리하단 소리는 꼭 안 해도 된다는 소리네?!"

"쓰기 싫다면 안 해도 됩니다. 물론 안 하는 거랑 못 하는 건 전혀 다르지만요."

"음…."

못 하는 거야? 라고 묻는다면 자존심 강한 에리스는 입을 다문다. 하지만 근본적인 해결이 되지 않는다. 역시 무슨 핑계를 대가면서 산술을 안 배워도 된다는 흐름으로 몰아가려고 한다.

이럴 때에는 길레느에게 부탁한다.

"길레느, 여태까지 수를 균등하게 나누고 싶은데 힘들어서 난처했던 적 있습니까?"

"그래, 미궁에서 식량을 잃어 버려서 물러날 때였는데, 남은 식량을 돌아가는 날짜에 맞춰 나누려다가 실패했다. 사흘 동안 먹지도 마시지도 못했지. 죽는 줄 알았다. 도중에 참다못해서 땅에 떨어진 마물의 똥을 먹다가 배탈이 났지. 구역질과 복통, 설사를 견디는데 주위에 마물들이—."

위장이 아파오는 이야기가 5분 정도 이어졌다.

나는 새파란 얼굴로 들었지만, 에리스에게는 무용담으로 늘렸는지 눈을 반짝거리면서 들었다.

"그러니까 나눗셈은 배우고 싶다. 수업을 계속 부탁하지."

길레느가 그렇게 말하자 에리스는 얌전해졌다.

사울로스 이하의 일족은 모두 수족을 좋아하는지, 태도로는 별로 드러내지 않더라도 에리스 또한 길레느를 잘 따랐다.

에리스도 길레느의 이야기라면 조용히 들었다.

언니한테 달라붙어서 뭐든지 흉내내려는 동생이 이런 느낌인지도 모르겠다.

"그럼 오늘도 즐겁지 않은 반복연습으로 갈까요. 이쪽의 문제를 다 풀면 가지고 오세요. 모르겠거든 그때마다 질문을."

그런 느낌으로 차츰 순조로워졌다.

길레느는 교사로서도 우수했다.

길레느는 계속 나의 잘못된 부분을 지적하고 조언해 주었다.

파울로도 지적은 했지만, 여기가 나쁘다, 저기가 나쁘다고 말할 뿐이지, 어떻게 하면 좋아지는지는 가르쳐 주지 않았다.

그 날도 에리스와 내게 검을 쥐어주고 실전형시으로 싸우게 하면서 지적해 주었다.

"파고드는 자세를 기억해라, 상대를 잘 보고."

따악, 내가 가진 목검이 에리스의 목검에 튕겨나갔다.

"상대보다 빠르게 치고 들어갈 수 있으면 상대의 움직임을 읽고 거기에 검을 찔러라. 상대보다 느릴 때는 상대의 검의 궤도에서 몸을 빼라!"

양쪽 다 안 되기에 나는 에리스의 검에 딱딱 얻어맞았다.

무두질한 가죽에 솜을 채운 프로텍터 너머로 무거운 충격이 전해졌다.

"상대의 발과 시선으로 행동을 예측해라!"

또 얻어맞았다.

"루데우스! 머리로 생각하지 마! 일단은 상대보다 먼저 움직여서 검을 휘두르려고 생각해라!"

생각하라는 거야, 말라는 거야?

"에리스! 손을 멈추지 마라! 상대는 아직 포기하지 않았다!"

"예!"

그 차이를 아시는 것입니까.

에리스에게는 대답을 할 여유가 있고, 내게는 없다.

여유는 결과로 여실하게 드러나서, 길레느가 그만 하라고 말할 때까지 나는 계속 에리스에게 얻어맞았다.

에리스는 산술 수업의 울분을 풀듯이 사정없이 나를 때렸다.

제길.


하지만 한 달 동안 내 실력은 각별하게 늘었다.

에리스라는 비슷한 또래의 상대가 있는 것도 좋았다.

누는 일이든 그렇지만, 자신과 동격이 있다는 것은 성장에 박차를 가한다.

비슷한 정도라고 해도 에리스 쪽이 약간이나마 연상이지만, 그 사이는 파울로나 길레느와 비교하면 미미하다.

상대가 뭘 하는지 알 수 있는 레벨이다.

알면 다음 과제가 된다.

아까는 그 기술에 당했다. 그러니까 다음에는 그걸 경계해서 이렇게 움직여 보자.

그렇게 생각할 수 있다.

파울로를 상대하던 때에는 기량이 너무 차이나서 도저히 어떻게 할 수 없었다. 상대가 뭘 하는지 전혀 알 수가 없었고, 이해할 수 없는 채로 당하기만 했다.

충고를 받아도 기초적인 기량이 너무 다르다 보니까 상대에게 통하지 않았다.

그래서 내 행동에 항상 의문을 품었다.

그래도 길레느는 교습법이 좋은 덕분인지 납득할 수 있었다. 하지만 그녀는 동시에 반격기라고 할까, 대처법도 가르쳐 주었기 때문에 역시 기술을 날릴 때에 망설임이 생겼다.

하지만 에리스가 상대라면 자잘한 재주나 작은 움직임의 변화로 결과가 바뀌었다.

망설임이 생겨도 기량에 차이가 별로 없으니까 어떻게든 통용되었다.

내일이면 통용되지 않거나, 에리스가 다른 행동을 하거나, 어제 불가능했던 게 가능하거나, 어제 당하지 않았던 것을 당하거나 하지만, 그런 작은 발견이나 변화를 쌓아올리면서 우리는 성장하였다.

역시 라이벌이라는 존재는 좋다.

가까운 목표에 따라붙고 추월하고.

한둘 정도밖에 변화가 없더라도 별로 차이 없는 당사자들에게는 앞서 나가냐 따라잡냐의 커다란 변화다.

그리고 모르는 사이에 그게 축적되어서 강해지는 것이다.

물론 성장 속도는 에리스 쪽이 빨랐다.

영양과 사자가 같은 훈련을 받으면 사자 쪽이 강한 게 당연하다.

어렸을 때부터 계속 파울로에게 배웠으니까 분하긴 하지만.


"루데우스는 아직 멀었어!"

엎어진 나를 에리스가 팔짱을 끼고 내려다보았다.

그걸 길레느가 나무랐다.

"자만하지 마라. 에리스 쪽이 검을 든 기간이 길다. 게다가 연상이지."

검술 수업 동안 길레느는 에리스를 이름만으로 불렀다.

그래야만 한다고 했다.

"나도 알아! 게다가 루데우스한테는 마법도 있고!"

"그래."

에리스는 내 마술 실력만큼은 인정해 주었다.

"하지만 루데우스는 상대가 공격해 오면 묘하게 움직임이 둔하군…."

"무섭거든요. 눈앞의 상대가 진짜로 공격해 온다는 게."

그렇게 말하자 에리스가 내 머리를 따악 하고 때렸다.

"뭐야! 한심하긴! 그러니까 얕보이는 거야!"

"아니, 루데우스는 마술사다. 그거면 돼."

길레느가 곧바로 그렇게 말하자 에리스는 거만하게 끄덕였다.

"그래? 그럼 어쩔 수 없지!"

어라? 왜 내가 얻어맞았지?

"미안하지만 다리가 굳는 습관을 고치는 법은 모른다. 혼자서 어떻게든 해라."

"예."

지금으로선 어떤 상대에게든 굳어 버리니까 앞날이 까마득하지만.

"하지만 길레느에게 지도를 받게 되면서 꽤나 강해진 기분이 들어요."

"파울로는 감각파니까. 잘 가르치는 편은 아니지."

감각파!

아, 역시 이쪽 세계에서도 그런 게 있나.

"감각파란 게 뭐야?"

"남에게 들은 것이나 하고 싶은 것을 '대충 이런 느낌일까?' 라며 해 보는 것만으로 해내는 사람을 말합니다."

에리스의 질문에 대답하자 그녀는 입을 삐죽거렸다.

아마 그녀도 감각파일 것이다.

"안 되는 거야?"

안 되냐고 묻는다면 좀 대답하기 어렵다.

지금은 검술 수업이니까 선생님께 대답해 달라고 하자.

나는 길레느에게 시선을 보냈다.

"잘못은 아니다. 다만 재능이 있어도 머리를 쓰지 않으면 강해질 수 없고, 남에게 잘 가르칠 수 없지."

"왜 잘 가르칠 수 없어?"

"자기가 한 것을 이해하지 않았기 때문이다. 그리고 모든 걸 이해하지 않으면 더 어려운 걸 할 수 없다."

검왕의 말을 따르자면 상급까지는 기초와 응용이라나 보다. 모든 기초를 완벽하게 해내고 상황에 맞춰서 나눠 쓸 수 있게 되고서야 비로소 검성이 될 수 있다나.

그 이상은 끊임없는 노력과 재능이라고 했다.

결국은 재능인가.

"나도 예전에는 감각파였지만, 머리를 쓰고 제대로 이론을 세웠더니 검왕이 되었다."

"대단하네요."

나는 솔직하게 감탄했다. 자기 방법을 굽혀서 성공한다.

쉽사리 할 수 있는 일이 아니다.

"루데우스도 수성급 마술사 아닌가?"

"저는 그야말로 감각파라서…. 게다가 마술은 검술과 달리 마력만 있으면 할 수 있는 부분도 있으니까요."

"흠, 그런가…. 하지만 기초는 중요하다."

"알고 있어요. 그보다도 제가 성급이 될 수 있었던 건 스승의 가르침이 좋았기 때문이고요."

생각해 보면 기초가 중요하다고 말하면서도 나 자신은 '응용'

만을 중시했으니까.

그보다 애초에 마술의 기초적인 면에서 부족한 건 무엇일까?

록시는 기초보다도 더 앞으로 나아갈 수 있도록 하는 수업을 하였고.

아니, 록시노 전재 기미가 있었으니까 기초 같은 걸 별로 중시하지 않은 걸지도 모른다.

으음….

"나는 그렇게 강해질 생각 없으니까 상관없어!"

생각에 잠겨 있는데 에리스가 가슴을 펴면서 말했다.

그 말에 나는 쓴웃음을 지었다.

중학교 시절에 나도 그런 말을 했었다. 1등이 될 생각이 없다면서 노력을 게을리 했다.

이건 바로잡아 줘야 한다고 생각했는데,

"하지만 길레느랑 루데우스 정도가 될 수 있도록 노력할래!"

그만두었다. 그녀에게는 분명히 목표가 있다.

과거의 나와는 다르다.

오전의 수업, 오후의 검술이 끝나면 한가해진다.

그 날 나는 서고에 가 보기로 했다.

에리스와 길레느가 마술교본을 가지고 있었으니까 어쩌면 마도서가 있을지도 모른다는 생각이 들었다.

장소가 어딘지 몰랐기에 강아지 귀 메이드에게 안내를 받았다.

"아."

그러다가 필립의 아내와 마주쳤다.

힐다라는 이름인 그녀는 에리스와 같은 빨간 머리로, 빵빵한 가슴을 가졌다. 딸의 성장이 기대된다.

일단 한 차례 소개받은 적은 있지만 별로 접점이 없는 상대였다.

어어, 분명히 한쪽 손을 가슴에 대고.

"마님, 오늘은 날씨도 좋고….."

"쳇."

힐다 씨는 인사하는 내게 혀를 한 번 찬 뒤 무시했다.

나는 인사를 한 채로 굳었다.

"루데우스 님….."

"아뇨, 괜찮습니다."

강아지 귀 메이드가 위로해 주려는 것을 손으로 제지했다.

하지만 조금 쇼크였다. 미움 샀나.

아무 짓도 안 했는데….

그리고 보니 그녀에게 에리스 이외의 자식은 없는 걸까.

아니, 물어봤다가 에리스 이상으로 엄청난 게 튀어나와서 일이 3~4배로 늘어날 것 같았다.

긁어 부스럼 만들지 말자.

서고에 도착하자 필립이 있었다.

"서고에 흥미가 있나?"

필립은 뭔가 기대하는 눈으로 날 바라보았다.

뭘 기대하는 걸까.

"예, 조금."

"그럼 천천히 보고 가도 좋아."

그 말에 따라서 서고를 견학하였지만, 아쉽게도 내가 원하는 것은 없었다.

록시처럼 마도서라도 찾을 수 있을까 싶었는데, 반출 금지인 재정자료가 대량으로 있을 뿐이었다. 마도서는 세계에 몇 권밖에 없는 모양이라 비치하지 않았다고 했다.

마음대로 풀리진 않는군.

다만 책장 구석에서 이 세계의 역사서를 몇 권 찾았기에 짬을 내어 공부해 볼까 생각했다.

하루 일과가 끝나면, 나는 내게 주어진 방에서 다음 날 수업을 준비한다.

주로 산술용 연습문제와 읽고 쓰기용 받아쓰기 준비.

그리고 마술교본을 읽으며 예습을 하였다.

수업에 커리큘럼은 없었다.

5년 내에 가르칠 게 없어지면 곤란하니까 수업 속도는 천천히. 아무튼 약한 부분이 생기지 않도록 천천히 반복연습을 시키는 게 교육 방침이다.

실피에게 가르칠 때에도 그런 느낌이었지.

마술 예습은 중요하다. 나는 평소에 주문을 외우지 않으니까 주문을 잊어 버렸다.

똑똑히 기억하는 주문은 힐링 관련 마술과 초급 해독 마술 정도고, 공격 마술은 주문을 외우려는 생각도 하지 않았다.

마술교본은 집에 있는 것과 완전히 똑같은 것이었다.

에리스도 길레느도 갖고 있었다.

천 년 정도 전에 만들어진 이후로 수백 권의 필사본이 만들어진 베스트셀러라나.

이 책이 나오기 전까지는 마술을 배우려면 스승이 있어야만 했고, 그 스승도 초급 마술을 전부 쓸 수 있는 정도인 경우도 많아서 막상 스승이 있어도 대단한 건 배울 수 없는 케이스도 많았다는 모양이다.

현재의 베스트셀러라고 해도 처음 책이 나왔을 당시에는 숫자도 적었고, 애초에 나돌기는 해도 마술에 흥미가 없는 사람들은 눈도 주지 않았다고 한다.

이 세계에는 인쇄기술도 없는 모양이고,

그게 대량으로 나돌게 된 것은 50년 정도 전이라나.

어디서 누구든지 싸고 손쉽게 얻을 수 있게 된 마술교본 덕분에 마술사의 수가 폭발적으로 늘었다.

세상은 그야말로 마술사 붐…이랄 정도는 아니지만, 아슬라 왕국의 귀족 중에는 교육과정에서 가르치는 일도 적지 않다나.

하지만 대체 어떤 이유로 마술교본이 늘어났을까….

그렇게 생각하며 발행원을 찾아보니까 '라노아 마법대학 발행'이라고 적혀 있었다.

과연, 장사도 잘하는군.


그렇게 가정교사 일을 하면서 세월은 순식간에 지나갔다.


이름 : 에리스 B 그레이랫

직업 : 피트아 영주의 손녀

성격 : 흉포

말 : **들어줄 수도 있다**

읽고 쓰기 : **가족 이름까지는 쓸 수 있다**

산술 : **뺄셈이 되는지 의심스럽다**

마술 : **열심히 해 볼까 생각한디**

검술 : 검신류 초급

예의작법 : **평범한 인사도 할 수 있다**

좋아하는 사람 : 할아버지, 길레느

## 제4화 직원회의와 일요일

또 반년이 지났다.

최근 얌전했던 에리스가 다시금 흉포해지기 시작했다.

왜? 어째서? 누가 무슨 짓을 했나?!

라는 식으로 안달하다가 어떤 사실을 깨달았다.

휴일이 없었다.

★　　★　　★

저녁식사 후에 길레느와 예의작법 선생님을 내 방으로 불러들였다.

참고로 예의작법 선생님은 저택에 사는 게 아니라 시내의 자택에서 오가고 있기에 집사에게 전언을 부탁했다.

"일단 인사드리겠습니다. 루데우스 그레이랫입니다."

"에드나 레이룬이라고 합니다. 에리스 님께 예의작법을 가르치고 있습니다."

가슴에 손을 대고 가볍게 인사하자, 에드나는 세련되게 답례하였다.

역시나 예의작법 선생님이다.

에느나는 얼굴 주름이 눈에 띄기 시작하는 중년 여성이었다.

통통한 얼굴에 부드러운 미소가 실로 온화한 인상을 주었다.

"길레느다."

길레느는 평소처럼 근육이다.

"자, 일단 앉으세요."

나는 두 사람에게 의자를 권했다.

두 사람이 앉은 뒤에 집사에게 부탁해 두었던 차를 건네고 본론에 들어갔다.

"오늘 두 분을 모신 것은 다른 이유가 아닙니다. 에리스 아가씨의 수업 계획에 대해 이야기 나눠 볼까 생각했습니다."

"수업 계획?"

"예. 여태까지는 아침에 검술, 점심에 자유 시간, 저녁에 예의작법이라는 형태로 해 왔다고 들었습니다. 틀림없지요?"

"그렇습니다."

에리스가 배우는 것은 읽고 쓰기, 산술, 마술, 역사, 검술, 예의작법까지 여섯 가지다.

현대식으로 말하자면 국어, 산수, 이과, 사회, 체육, 도덕이라고 할까.

시계가 없으니 몇 시간씩 나누는 게 아니라 식사와 간식 시간으로 아침점심저녁을 나누어서 세 과목씩 한다.

아침식사→공부→점심식사→공부→간식→공부→저녁식사→자유 시간.

대충 이런 느낌이다.

역사 교사는 없지만, 필립이 짬이 날 때 가르치는 모양이다.

"제가 오게 되면서 저녁 시간도 이용하여 하루를 꼬박 쓰게 되었습니다."

"그렇지요. 아가씨의 학습이 잘 진행되는 모양이라 주인님도 감탄하셨습니다."

그렇다마다.

"분명히 순조롭게 보이지만 문제가 발생했습니다."

"문제입니까?"

"예. 매일 휴식도 없이 공부하느라 아가씨의 스트레스가 쌓였습니다."

특히나 산술 수업에서 현저했다.

시종일관 짜증을 내고, 조금 어려운 문제와 만나면 나한테 화풀이를 했다.

아주 위험하다.

언제 마운트를 빼앗길지 모른다.

아주 위험하다.

"지금은 아직 어떻게든 되지만, 조만간 날뛰거나 수업을 빼먹고 도망칠지도 모릅니다."

"어머…."

에드나는 입에 손을 대면서도 있을 법 하다는 얼굴로 수긍했다.

예의작법 수업은 본 적이 없지만 성실하게 받는 걸까.

왜 에리스가 에드나를 마음에 들어 하는지 잘 모르겠다.

"그네서 7일 중 하루만이라도 수업이 일체 없는 날을 만들까 합니다."

참고로 이 세계에서도 달력은 있고 몇 월 며칠이라는 개념은 있다.

하지만 1주일이라는 것은 존재하지 않는다.

1년 중 휴식일이라는 것이 몇 차례 있는 모양이지만, 일요일이란 것은 존재하지 않는다.

7. 그 숫자를 사용한 것은 내가 기억하기 쉽기 때문이다.

더군다나 이 세계에서도 왜인지 몰라도 7이라는 숫자는 특별한 모양이다.

운수 좋은 숫자라고 하고, 검술 같은 것의 랭크도 일곱 단계다.

"나머지 6일 동안 읽고 쓰기, 산술, 마술, 역사, 검술, 예의작법, 이렇게 여섯 가지를 가르칠까 합니다."

"질문해도 될까요?"

"예, 에드나 씨."

"그대로 분배하면 예의작법 수업이 세 번밖에 없게 됩니다만, 급료 쪽은…."

"문제없습니다."

여기서 돈을 들먹거리냐고 에드나를 책망하지 말아줬으면 싶다.

나도 돈을 위해서 일하는 거니까.

에드나가 걱정하는 건 '수업 횟수가 줄어들면 급료가 줄어드는 게 아닌가' 하는 점이다.

이 점은 사전에 필립과 이야기해 놓았으니 문제없었다.

애초에 월급제니까 수업을 한 번도 하지 않아도 돈을 받을 수 있었다.

물론 수업을 한 번도 하지 않으면 다음 달에는 해고겠지.

그런 건 말하지 않아도 알 거다. 모르는 녀석은 해고하는 편이 낫다.

"물론 그대로 분배하진 않습니다. 읽고 쓰기, 산술은 7일 중 두 번만 하면 되겠죠. 검술은 매일 하지 않으면 의미가 없습니다. 마술도 매일 필요합니다만, 하루에 쓸 수 있는 마력은 한도가 있으니 장시간은 필요 없습니다. 그러니 남은 시간은 읽고 쓰기, 산술을 할 생각입니다."

애초에 처음부터 그렇게 했다.

"오늘은 워터 볼을 X번, 워터 폴을 Y번 썼습니다. 그럼 앞으로 워터 볼을 몇 번 쓸 수 있을까요?"

라는 식이다. X라든가 Y는 에리스와 길레느의 사용회수에 맞춰서 문제를 냈다.

방에서 숫자와 씨름하는 것보다 알기 쉬운 모양이었다.

마력의 사용회수는 눈에 보이지 않으니까 정확한 답을 끌어내기 어렵지만, 자기 자신의 문제이기 때문일까.

뭐, 암산이란 건 하면 할수록 느는 법이다.

머리를 쓰게 하는 걸 목적으로 삼자.

무영창이나 이과 수업도 조만간 할 생각이지만, 그것들은 읽고 쓰기, 산술이 어느 정도 궤도가 오른 뒤에 해도 늦지 않다.

"에드나 씨에게는 죄송하지만, 예의작법은 한 달에 3~4회 정도 수업을 줄이는 형태가 되겠습니다."

"일겠습니다."

에드나는 쉽사리 승낙했다.

6일, 총 18시간제.

'예의작법 5', '검술 6', '읽고 쓰기 2', '산술 2', '마술 3'이라는 느낌으로 나누었다.

수업시간치고 적세 생각되지만, 반복연습이 주니까 어떻게든 되겠지.

"그리고 부득이한 사정으로 수업을 할 수 없는 경우는 저에게 연락을 주셨으면 합니다."

"그 말은?"

"저는 항상 저택에 있으니 빈 시간에 제가 수업을 하겠습니다. 그러니까 혹시나 장기휴가가 필요해도 문제없습니다."

"알겠습니다."

에드나는 계속 방긋방긋 웃었다.

정말로 이해하는 걸까….

"그리고 매달 초에 이런 집회를 할까 합니다."

"그건 어째서죠?"

"우리 교사가 서로 연락을 취하면 돌발적인 해프닝에 대처하기 쉬울 거라 생각했기 때문입니다. 딱히 필요는 없습니다만… 효율을 올리는 것과 만일을 대비한 것입니다. 안 될까요?"

"아뇨."

에드나는 부드럽게 미소 지었다.

"루데우스 님은 아직 어리신데도 정말 에리스 님을 생각하시는군요."

뭔가 흐뭇한 것을 보는 듯한 눈이었다.

…뭐, 됐어.

이렇게 **나는** 휴일을 손에 넣었다.

첫 휴일이 왔다.

나는 필립에게 한 차례 인사한 뒤에 시내에 나가 보기로 했다.

그러자 왜인지 입구에 에리스와 길레느가 기다리고 있었다.

"어디 가는 거야!"

첫 휴일이라서 아가씨는 왠지 안절부절못하는 눈치였다.

하루 꼬박 일정이 없는 건 처음이라나.

그런 휴일에 내가 뭘 할 건지 궁금하겠지.

"로아 시를 렛츠 관광입니다."

헤이! 라는 포즈를 취하며 말했다.

"렛츠 관광…? 시내를 구경하는 거야? 혼자?"

"둘로 보이나요?"

"니무해! 나는 한 번도 혼자 나가 저 없는데!"

에리스는 발을 구르며 분해 했다.

"아니, 아가씨가 혼자 돌아다니면 유괴당하잖습니까."

"루데우스도 유괴당했잖아!"

아, 그런가.

그때는 에리스와 함께 유괴당했지만, 나도 그레이랫 가문의 일원으로 간주되니까 유괴당하면 몸값을 지불할 가능성이 있나….

"저는 유괴당해도 혼자서 돌아올 수 있으니까요."

흐흥 소리 내어 웃자 에리스는 주먹을 쳐들었다. 나는 순간 막으려고 했지만, 공격이 날아오는 일은 없었다. 어쩐 일이람.

그녀는 팔짱을 끼고 나를 내려다보았다.

"나도 따라갈래!"

그렇게 결정했나 보다.

여태까지라면 때린 뒤에 그런 말을 했지.

그렇게 생각하면 아가씨도 성장했군. 미미한 성장이지만.

"그럼 갈까요."

"괜찮아?!"

물론 나한테 거절할 이유는 없었다. 혼자보다는 둘인 편이 안전하고.

"길레느도 같이 가는 거죠?"

"그래. 내 임무는 아가씨의 호위다."

회의 때도 길레느는 휴일이라는 개념을 이해하지 못했다. 그래서 여태까지처럼 에리스를 따라다니는 걸 추천하였다.

애초에 그녀는 호위로서 고용된 모양이니 문제없다.

"기다려! 금방 준비하고 올 거니까! 알폰스! 알폰스!"

시끄럽게 저택 안을 뛰어가는 에리스를 지켜보았다.

목소리가 큰 건 변함없군.

"루데우스."

길레느의 목소리에 돌아보자 바로 옆에 길레느가 있었다.

올려다보았다. 그녀는 키가 2미터에 가깝기 때문에 성장해도 올려다보게 되겠지.

"너무 자기 힘을 과신하지 마라."

딱 부러지게 못을 박았다.

방금 전에 혼자라면 돌아올 수 있다고 말했기 때문이겠지.

"알고 있어요. 아가씨의 마음을 좀 끌어내고 싶었을 뿐이에요."

"그래. 무슨 일이 있거든 불러라. 도우러 가마."

"예. 그때는 또 성대한 불꽃이라도 날릴게요."

문득 유괴당했을 때의 일이 떠올랐다.

"…전에 아가씨한테도 같은 말을 한 적 있나요?"

"음? 했는데?"

"다음부터는 목소리가 들리는 곳에 있으면, 이라는 말을 덧붙이는 쪽이 나을 것 같네요."

"알겠다. 그런데 왜지?"

"저번에 유괴당했을 때 아가씨가 너무 고함을 지르다가 유괴범한테 죽을 뻔했거든요."

"…들리면 도우러 갔다."

흠….

뭐, 그때도 엄청나게 빨랐고. 불꽃을 날리고 1분도 안 걸렸다.

길레느는 들리는 범위라면 어디에 있어도 오겠지. 귀도 좋은 모양이고.

애초에 에리스가 도움을 청하는 건 필립이나 사울로스가 아니라 길레느다.

이 여자는 든든하다.

"소리치면 안 되는 상황이란 걸 가르쳐 줘야만 하겠네요."

그렇게 말하는데 에리스가 돌아왔다.

외출용 옷일까, 처음 보는 옷이었다.

"오늘 아가씨는 귀엽네요."

"…흥!"

옷을 칭찬했더니 내 머리를 때렸다.

왜지….

피트아령의 성채도시 로아는 이 부근에서 가장 큰 도시다.

물론 크다고 해두 면적으로 보자면 광내한 전원지대인 부에나 마을보다 작다.

성문 밖으로 나가서 외벽을 따라 한 바퀴 돌아도 두 시간 정도면 다 돌 수 있겠지.

하지만 그 규모는 컸다.

7~8미터나 되는 높이의 성벽이 시내를 빙글 에워쌌다.

완벽한 원이 아니라 지형에 따라서 구부러졌으니까 정확한 길이는 모르겠지만, 30평방킬로미터 정도 될까? 일본인의 감각으로는 결코 넓지 않지만, 이 정도 크기의 벽을 쌓으려면 꽤나 고생했으리란 걸 알 수 있었다.

성벽을 만드는 마술 같은 건 없을까?

있다고 해도 분명 왕급이나 제급이겠지.

아니면 대충 돌을 만들어서 수작업으로 쌓든가?

그런 생각을 하면서 부자들의 주택지를 지나서 인파가 많은 광장으로 나갔다.

이 근처부터가 상업 구역.

귀족 구역과 가까운 이 근처는 으리으리한 가게가 많지만, 슬쩍슬쩍 노점도 보였다.

살펴보니 행상인이 다소 값비싼 물건을 다루는 듯했다.

"여어, 도련님, 아가씨, 천천히 구경해 보셔."

도구점 아저씨의 RPG 같은 대사를 즐기면서 상품을 차례차례 구경하였다.

그리고 종이에 가격과 상품을 메모하였다.

딱 잘라 말해서 수상쩍은 상품이 많았다. 누가 이런 걸 살까.

으음, 미약이 금화 열 닢.

…메모, 메모.

"뭐야, 그 글자! 못 읽겠잖아!"

갑자기 에리스가 귓가에서 큰 소리로 외쳤다. 고막이 다 아팠다.

고개를 돌려보니 에리스의 얼굴이 바로 옆에 있었다. 어깨 너머로 들여다보았던 모양이다. 이렇게 보니 에리스도 제법 미소녀구나. 이목구비가 뚜렷해서.

참고로 메모는 일본어로 적었다.

"메모니까 저만 읽을 수 있으면 되지요."

"뭐라고 쓴 건지 가르쳐 줘!"

아가씨는 횡포를 부립니다. 하지만 못 가르쳐 줄 이유도 없었다.

"상품의 이름과 가격입니다."

"그런 걸 조사해서 뭐 하려고!"

"시세를 조사하는 건 인터넷 게임의 기본이지요."

"인터… 그게 뭐야?"

말로 설명해도 이해 못 할 거라고 생각하면서 나는 상품 하나를 가리켰다.

작은 액세서리였다.

"자, 보세요. 아까 노점에선 금화 다섯 닢에 팔던 물건을 여기서는 금화 네 닢이랑 은화 다섯 닢에 팔고 있지요."

"오, 도련님. 제법 눈이 좋군. 우리 집은 저렴하다고!"

나는 아저씨를 무시하고 에리스 쪽을 돌아보았다.

"에리스, 여기서 금화 세 닢까지 깎아서 산 뒤에 아까 가게로 돌아가서 금화 네 닢에 팔면 얼마가 남습니까?"

"어? 어어, 오 빼기 삼 더하기 사는… 금화 여섯 닢!"

그 계산 대체 뭐야?

"땡, 틀렸습니다. 정답은 금화 한 닢입니다."

"아, 알고 있어!!"

에리스는 입을 삐죽거리며 고개를 돌렸다.

"정말입니까?"

"처, 처음에 금화를 열 닢 갖고 있으면 열한 닢이 되잖아?"

오, 참 잘했어요…라고 해도 그냥 열 닢이 늘어났을 뿐이잖아.

뭐, 됐어. 칭찬해 주자. 그녀는 자존심이 세니까 칭찬하면 성장한다.

"오, 이번 건 정답입니다. 으음, 에리스는 똑똑해."

"흥, 당연하지."

우리의 이야기를 아저씨는 씁쓸한 얼굴로 듣고 있었다.

"여어, 도련님. 그건 전매(轉買)라고 하는 건데, 별로 칭찬할 수 없는 짓이니까 하면 안 되는데?"

"물론이지요. 그러니까 할 거면 저쪽 가게에 가서 네 닢에 팔더라고 가르쳐 주는 정도예요. 정보료는 동화 한 닢 정도로 할까요."

아저씨는 쓴개 씹은 얼굴을 했다.

그리고 우리의 뒤에 있는 길레느에게 도움을 청했지만, 그녀는 오히려 내 이야기를 진지하게 듣고 있었다

무슨 소리를 해도 헛일이라는 걸 알았는지, 아저씨는 어깨를 으쓱이고 한숨을 내쉬었다.

미안요. 그냥 장난이니까 눈감아 줘요.

"장사할 생각이 없더라도 여러 가격은 알아둬야만 합니다."

"알아두면 어떻게 되는데!"

"예를 들어서 가게까지 안 가도 대충 계산을 할 수 있지요."

"그게 뭐에 도움이 되는데!"

뭐에 도움이 되느냐…. 으음, 물건을 사다 팔아서 상당한 수익을… 어라?

좋아, 이럴 때는 길레느에게 맡기자.

"길레느는 어디에 도움이 된다고 생각하나요?"

"…아니, 모르겠다."

어, 정말로…? 모르는 건가. 알 줄 알았는데.

뭐, 됐어. 딱히 수업도 아니고.

"그렇군요. 그럼 아무 도움이 안 될지도 모르겠네요."

어디까지나 내 공부다.

이해할 수 없더라도 좋다.

시장을 발견하면 일단 거기서 팔리는 것의 시세를 조사한다. 인터넷 게임에서 계속 해 왔던 일이고 틀린 건 아니라고 생각한다. 하지만 자기 발로 조사하는 게 처음이니, 여기에 의미가 있는지도 모르겠다.

"도움이 안 될지도 모르는데 왜 하는 거야!"

"저는 도움이 된다고 생각하기 때문입니다."

에리스는 이해가 안 간다는 얼굴이었다.

나라고 뭐든지 다 대답할 수 있는 건 아니니까 조금은 알아서 생각해 봐.

"스스로 생각해 봐서 도움이 된다고 느껴지면 따라하면 되고,

도움이 안 된다고 느껴지면 손가락질하며 비웃으면 됩니다."

"그러면 나는 웃는 쪽이네!"

"아하하하하."

"네가 웃어서 어쩌자고!"

얻어맞았다. 훌쩍.

그 뒤로 한동안 주변을 돌면서 노점을 체크했다.

아주 멋지게 차려진 고급 가게는 함부로 들어가기 저어되니까 넘어가고 시 바깥쪽으로 이동했다.

조금 걸어보니 파는 물건들이 확 바뀌었다.

가격도 금화 다섯 닢 전후에서 금화 한 닢 전후로 싸졌다.

아직 비쌌다. 내가 살 수 있을 만한 것은 없었다.

하지만 주위에 사람은 늘었다.

귀족 같은 사람부터 모험가 같은 사람까지. 상인도 열심히 물건을 팔려는 분위기라서 활기 있고 좋았다. 금화 한 닢 정도가 비싸지만 간신히 살 만한 가격일지도 모르겠다.

메모를 하는데 문득 어떤 가게가 눈에 들어왔다.

서점이었다.

별 생각 없이 들이기 보았다.

가게 안은 한산했다. 야한 책을 메인으로 하는 가게의 일반서

코너라고 해야 할 정도일까.

책장은 두 개. 같은 제목의 책이 두세 권씩 꽂혀 있었다. 대충 한 권당 금화 한 닢 정도.

나머지 공간에는 열쇠 채운 케이스에 든 책이 꽂혀 있었다.

이쪽은 평균 금화 여덟 닢으로, 제일 비싼 건 금화 스무 닢이었다. 주목상품인가.

"…후아아."

가게 주인은 내 모습을 본 순간 차갑게 무시하고 무대응, 하품을 한 차례.

하지만 내가 제목을 하나씩 메모하자 주인의 눈이 수상쩍은 것을 본다는 빛으로 변했다. 내용을 베끼는 게 아닐까 걱정했겠지.

괜찮아요, 책은 안 건드리거든요. 베끼는 게 아니에요.

그런 태도로 책장에서 물러났다.

케이스 안을 보니 기억에 있는 책이 있었다.

"식물사전, 금화 일곱 닢…."

다섯 살 생일에 제니스에게 받은 책이었다.

비싸잖아. 금화 한 닢을 10만 엔이라고 가정하면 70만 엔이잖아?

우리 어머니는 정말 무리했구나….

"흠."

역시나 사전 계통은 비싼가 보다. 『시그의 소환 마술』이란 책을 꼭 읽고 싶지만 금화 열 닢.

월급이 은화 두 닢인 나로서는 도저히 살 수 없었다.

참고로 제일 비싼 책은 『아슬라 왕궁 궁정 의식』. 이건 필요 없다.

"뭘 그렇게 탐욕스럽게 보는 거야?"

에리스가 옆에서 말을 걸었다.

어느 틈에 그녀도 가게 안에 따라 들어온 모양이었다.

내가 메모도 하지 않고 바라보고 있으니 궁금해졌겠지.

"아뇨, 뭐 재미있는 책이 없나 싶어서."

"그러고 보면 들었어! 너 책을 좋아한다며?"

"누구한테 들었습니까?"

"아버님!"

필립인가. 서고를 보여 달라고 부탁했지.

"뭐, 뭣하면 한 권 사 줄 수도 있어."

"그렇게 쉽게 말씀하시는데, 에리스는 돈을 가지고 있습니까?"

"할아버님이 내 주실 거야!"

그렇겠지.

어리광부려선 안 된다. 돈은 유한하다는 걸 확실하게 이해시켜야 하나.

책은 보고 싶지만… 책은 보고 싶지만!

"필요 없습니다."

"왜!"

에리스는 입을 삐죽거렸다.

기분 상했을 때의 표정이다. 이게 악화되면 귀신 같은 얼굴로 때리려 든다.

하지만 아직 괜찮다. 아직 이성이 있다.

"에리스가 마음대로 써도 되는 돈이 아니기 때문입니다."

"무슨 소리야?"

에리스가 눈썹을 찌푸렸다. 무슨 말이지 모르니까 점점 짜증을 냈다. 최근 에리스의 분노 미터기가 보이게 된 듯했다.

어떻게 설명을 해야 할까.

애초에 귀족 따님에게 돈 쓰는 법을 가르치는 게 의미가 있을까?

에잇, 어디 해 보자.

"제가 에리스에게 공부를 가르치고 한 달에 얼마나 받는지 알고 있습니까?"

"…금화 다섯 닢 정도?"

"은화 두 닢입니다."

"너무 싸잖아!"

에리스는 소리쳤다. 가게 주인이 시끄럽다는 듯이 얼굴을 찌푸렸다. 미안해요.

"아뇨, 실적도 없고 나이도 안 찬 저로서는 타당한 선이겠죠."

마법대학 학비를 대신 부담해 준다는 이야기도 있고.

"하, 하지만 길레느는 금화 두 닢이라고…! 루데우스가 더 많이 가르쳐 주잖아!"

"길레느는 실적도 있고 검왕이라는 지위를 가지고 있습니다.

또 호위라는 일도 겸임하죠. 급료가 비싼 건 당연합니다."

물론 길레느의 비싼 급료에는 보레아스 그레이랫 가문의 안 좋은 전통도 한 몫 했겠지.

그 집이라면 '수족 여자 우대!' 라고 했을 것 같고.

"그, 그럼 나라면?"

"마술도 검술도 못 하고 실적도 없는 아가씨의 급료는 아무리 잘 쳐 줘도 은화 한 닢이 고작입니다."

"음⋯."

그게 고작 정도가 아니라 에리스는 용돈도 못 받는다.

"누구한테 뭔가를 사 주려면 스스로 돈을 벌게 된 뒤에 해 주세요."

"알았어⋯."

에리스는 어쩐 일로 풀이 죽었다. 항상 이 정도라면 편하겠는데⋯.

"뭐, 돌아가거든 용돈을 받을 수 있도록 필립 님께 부탁해 보지요."

"정말?!"

에리스가 확 고개를 쳐들었다.

호감도 상승이 느껴진다⋯.

뭐, 돈을 주지 않고 원하는 물건을 주는 것도 응석을 받아주는 거니까.

돈을 조금 집서 돈 쓰는 법을 배우게 하는 편이 좋겠지.

눈에 띄는 책의 제목을 메모하고 가게를 나섰다.

오늘 하루 돌아다니면서 원하는 물건과 가격을 대충 파악했다.

★　　★　　★

귀가할 때는 멋진 저녁노을이 펼쳐졌다.

어느 세계든 노을이란 건 똑같이 보이는 모양이다.

그렇게 생각하며 올려다보는데 성이 떠 있었다.

구름에 섞여서 희미하게, 하지만 분명하게.

"어!"

놀라서 하늘을 올려다보며 가리켰다.

주위 사람들은 한순간 내가 가리키는 곳을 보더니 곧 흥미를 잃었다.

어? 보이는 거 맞지?

나만 보이나? 천공의 성 라○타가 보이는 건 나 혼자?

아버지는 거짓말쟁이였나?

"처음 보는 건가? 저건 '갑룡왕' 페르기우스의 공중성채다."

길레느가 내 의문에 대답해 주었다.

알고 있나, 라이덴…이 아니라 길레느!

그렇기는 해도 공중성채라. 오오, 멋지잖아.

"페르기우스라는 게 뭔가요?"

"알고 있겠지?"

들어본 적도 있는 것 같지만 떠오르질 않았다.

"뭐였더라?"

길레느가 조금 놀란 얼굴을 하며 말을 찾았다.

그러자 에리스가 내 앞으로 나서서 팔짱을 끼며 버티고 섰다.

"내가 가르쳐 줄게!"

"부탁드립니다. 가르쳐 주세요."

"좋아! 페르기우스란 마신 라플라스를 쓰러뜨린 세 영웅 중 한 명이야!"

에리스가 자랑스럽게 말했다.

마신 라플라스, 그거 어디서 들어본 것 같은데…?

"엄청 세거든. 열두 명의 부하를 거느리고 공중요새를 이용해서 라플라스의 본거지로 쳐들어갔어!"

"헤에, 그거 대단하네요."

"그렇지!"

"아가씨는 박식하군요. 고맙습니다."

"우후후! 루데우스도 아직 멀었어!"

여기서 더 파고드는 질문을 했다간 또 얻어맞을 테니까.

나도 학습한다.


그래서 저택으로 돌아간 뒤에 알아서 조사해 보았다.

필립에게 물어보니까 어딘가에 관련 서적이 있을 거라고 했다.

부탁하기도 전에 집사가 찾아서 가져다 주었다.

수고를 끼쳤습니다.

결론부터 말하자면 부에나 마을의 집에 있던 책이었다.

『페르기우스의 전설』

완전히 지어낸 이야기라고만 생각했는데 아무래도 실제 있었던 일인가 보다.

『페르기우스의 전설』을 요약하면 이런 느낌이다.

'갑룡왕' 페르기우스.

그가 어디서 태어나고 어디서 자랐는지는 아무도 모른다.

당시 아직 유명하지 않았던 젊었을 적의 용신 울펜에게 선택을 받아서 모험가 길드에 찾아왔다는 게 가장 오래된 기록이다.

페르기우스는 순식간에 그 실력을 드러내고 용신 울펜, 북신 카르만, 쌍제 미구스, 구미스 등과 파티를 짜서 모든 적을 격파했다. 울펜이 동생처럼 여기던 존재였기 때문인지, 어느 틈에 페르기우스는 오래된 전설에 남은 용신의 부하 '오룡장' 중 한 명과 마찬가지로 '갑룡'이라고 불리게 되었다.

그 힘은 라플라스 전쟁에서도 유감없이 발휘되었다.

페르기우스는 자신의 특기인 소환 마술을 사용하며 열두 개의 사역마를 만들어냈다.

공허, 암흑, 광휘, 파동, 생명, 대진, 시간, 굉뢰, 파괴, 통찰, 광기, 속죄.

이런 별명을 얻은 최강의 사역마를 부려서 태고의 공중요새 '케이오스브레이커'를 부활시키고 라플라스와의 결전에 임했다. 하지만 힘이 살짝 부족해서 라플라스를 완전히 소멸시킬 순 없었고 봉인으로 그치는 결과로 끝났다.

하지만 그 힘과 공중성채의 위용을 보고 사람들은 그를 '갑룡왕'이라고 부르게 되었다.

아슬라 왕국은 그의 공적을 찬양하여 전쟁 종결과 동시에 새로운 연호를 발표.

그것이 현재의 '갑룡력'이다(참고로 지금은 갑룡력 414년).

'갑룡왕' 페르기우스는 왕으로서 군림도 통치도 하지 않고 그저 공중성채로 전 세계의 하늘을 날아다닌다고 한다.

그 참뜻을 아는 자는 아무도 없다.


아니, 400년이라니 정말로 아직 살아 있나?

주인 없는 성이 둥실둥실 떠다니는 것뿐 아냐?

하지만 언젠가 가 보고 싶다.

다음날.

에리스의 기분이 최고로 좋아졌다. 하루 종일 놀았던 건 처음이라서 그런가. 아니면 평소에는 고급 가게 정도까지밖에 못 가봤기 때문일까.

어찌 되었든 역시 휴일을 정한 건 정답이었던 모양이다.

"또 데려가 줘!"

팔짱을 끼고 버티고 섰다.

에리스는 평소와 같은 포즈였지만 살짝 얼굴이 붉었다.

이 붉은빛은 어느 쪽일까.

분노일까, 굴욕일까….

뭐? 부끄러워서? 그럴 리가 없잖습니까. 다름 아닌 에리스라고요?

"어어…."

내가 망설이자, 에리스가 빠드득 이를 갈았다.

그리고 머리칼을 두 손으로 붙잡고 허리를 내밀고….

"데, 데려가, 주세요냥…."

"예, 데려가겠습니다. 데려갈 테니까 그건 그만두세요!"

황급히 막았다.

그건 분명히 귀여울지도 모르지만 심장에 안 좋다.

한 번 볼 때마다 카르마가 쌓이는 느낌이었다. 그리고 카르마는 주먹으로 청산된다.

"흥! 알면 됐어!"

에리스는 확 머리를 풀어헤쳤다.

허리까지 오는 빨간 머리가 착 퍼지기 전에 그녀는 의자에 털썩 앉았다.

"자! 얼른 수업 시작해!"

"오늘은 의욕적이군요."

"어차피 얌전히 수업을 듣지 않으면 안 데려갈 거잖아!"

아, 아가씨가 이렇게 눈치가 빠르다니?!

"그, 그렇지요. 얌전히 계시면 또 데려가 드릴게요!"

나는 감동하면서 그 날 수업을 끝냈다.

---

이름 : 에리스 B 그레이랫

직업 : 피트아 영주의 손녀

성격 : **다소 흉포**

말 : **들어준다**

읽고 쓰기 : **읽기는 제법 된다**

산술 : **자릿수가 바뀌는 뺄셈도 할 수 있다**

마술 : **초급을 수행 중**

검술 : 검신류 초급

예의작법 : 평범한 인사도 할 수 있다

좋아하는 사람 : 할아버지, 길레느

---

## 제5화 아가씨는 열 살

1년이 지났다.

에리스의 교육은 순조로웠다.

검술에 소질이 있는지 그녀는 열 살이 되기 전에 중급으로 올랐다.

중급이라고 하면 일반 기사아 겨룰 만한 힘이 있다는 뜻이다. 길레느의 말을 빌리자면 몇 년 내에 상급으로 오를 수 있다고 했다. 아직 아홉 살인데… 우리 아가씨는 천재가 아닐까?

나는? 그렇게 묻는다면 눈을 돌리게 된다.

나는 검술 재능이 없는 모양이다.


에리스는 읽고 쓰기도 대충 할 수 있게 되었다.

길레느가 읽고 쓰기를 못 하면 아무것도 못 한다, 사람들에게 속아서 노예로 팔려가게 된다, 그런 말을 하자 필사적으로 배우려고 했다.

다만 산술은 성장이 더뎠다. 그쪽으로 약한 모양이다.

서두를 건 없었다. 에리스가 장래에 뭘 하게 될지는 모르겠지만, 이 세계에서 고도의 수학은 필요 없다. 5년 내로 사칙연산을 마스터. 그 정도면 된다.


마술도 순조로웠지만, 다소 한계를 느꼈다.

대부분의 초급 마술은 주문을 외워서 사용할 수 있게 되었다.

에리스가 흙 이이이 계통을 거의 마스터한 것과 달리 길레느는 불뿐이었다. 같은 수업을 했는데도 차이가 생기는 건 왜일까. 물, 바람, 흙이 길레느가 약한 계통인 걸까.

그럴 만한 에피소드가 너무 많아서 모르겠다.

아무튼 마술교본에 적힌 주문을 외운다고 쓸 수 있는 건 아닌 모양이었다.

그 부분에 관해서는 나도 노력해서 배운 게 아니니까 모르겠다.

또 최근 들어서 무영창을 연습시켜 봤는데 신통치 않았다. 실피는 금방 했는데 연령 문제일까? 아니면 실피에게 특별한 재능이 있었던 걸까.

쓸데없는 걸 가르친 걸지도 모르겠다. 얼른 중급으로 나아가는 편이 나을까.

하지만 길레느도 에리스도 검사다.

잡일에 쓸 수 있는 초급을 마스터하는 편이 유효하겠지.

그럼 지금 이대로 하면 된다.

분명 언젠가 쓸 수 있게 되리라고 믿고 싶었다.

이제 곧 에리스는 열 살 생일을 맞는다.

열 살 생일은 특별하다.

다섯 살, 열 살, 열다섯 살 생일은 대규모의 파티를 개최하고 성대하게 축하해 주는 게 귀족의 풍습이었다.

에리스의 생일에는 저택의 홀과 정원이 개방된다.

그리고 영지 안에서 선물이 오고 시내의 귀족들이 초대받는다.

사울로스가 무뚝뚝한 무관이라서 처음에는 썰렁하게 서서 먹고 파시는 파티라는 식으로 계획을 세웠는데, 필립이 끼어들어서 근처의 중급 귀족들도 참가하기 쉽도록 댄스파티로 형식을 변경했다.

그 날은 온 저택이 파티 준비로 정신없이 움직였다.

강아지 귀 메이드가 복도를 뛰어갔다.

평소에 메이드는 뛰지 않도록 교육받지만, 이 집은 역시나 특별한지 바쁠 때에는 메이드도 뛰었다. 전력질주였다. 골목에서 전학생과 부딪쳐서 별하늘의 저편까지 날아가는 게 아닐까.

나는 방해되지 않도록 복도 가장자리를 따라 걸었다.

딱히 행선지는 없었다. 그냥 산책이니까.

그래, 산책.

나는 이 정신없는 모습과는 관계없었다.

현재 에리스가 파티의 주역으로 예의작법 훈련을 받고 있어서 수업이 없었다.

필립은 '하다못해 열 살 애답게, 부끄럽지 않을 정도로' 라고 말했지만, 그 정도도 쉽지 않은지 에드나가 지친 얼굴로 수업을 대폭 늘릴 것을 요구했다.

나도 거기에 응해서, 최근에는 에드나가 하루 종일 훈련시키는 나날이 계속되었다.

고로 나는 한가했다.

일단 나도 식객 중 한 명으로서 파티에 참가하게 되었지만, 어디까지나 에리스의 생일이다. 아무것도 하지 않고 구석에서 요리라도 먹고 있으면 되겠지.

특별히 해야만 할 일은 없었다.

한가하면 스스로의 일을 하면 되겠지만, 매일 같이 자기 훈련만 하는 것도 질리는 법이다.

게다가 정신없는 저택 안을 구경하고 다니고 싶기도 했다.

이렇게 대규모의 행사에 참가하는 건 처음이었다.

뭣하면 어느 부서에서 일을 거들어도 좋겠고.

그렇다고 해도 내가 할 수 있는 일이라고는 요리를 맛보는 정도겠지만.

"그러고 보면 이쪽에선 생일에 케이크 같은 게 나오나?

부에나 마을에서는 나오지 않았다.

케이크라는 게 존재하기는 하는 모양인데 본 적은 없었다.

가끔씩 단 것도 먹고 싶은 법이다.


그렇게 생각하면서 나는 주방으로 발을 옮겼다.

케이크의 유무 정도는 메이드에게라도 물어보면 알 수 있지만, 산책이라는 것은 내 발로 돌아다니는 것이다. 운이 좋으면 연습 삼아 만든 생일 요리 같은 게 있을지도 모르지.

응, 그래. 그리고 배도 고프네.

점심식사는 아직인가.

그런 생각을 하던 때였다.

"이제 됐어!"

눈앞의 문이 쾅 소리를 내며 난폭하게 열리고 안에서 에리스가 뛰쳐나왔다.

그녀는 성난 듯이 씩씩대면서 복도를 엄청난 속도로 뛰어가더니 복도 저편으로 사라졌다.

그녀를 쫓아가듯이 방에서 나온 것은 에드나였다.

"아가씨…!"

그녀는 복도 좌우를 둘러보고 에리스의 모습이 없는 것을 확인하자 한숨을 내쉬었다.

"하아…."

한숨 도중에 그녀는 내 존재를 알아차린 듯했다.

이쪽에게 힘없는 미소를 보냈다.

"루데우스 님이군요."

이야기를 좀 들어달라는 듯한 미소였다.

에드나가 이런 얼굴을 하는 경우는 드물었다.

"수고 많으십니다, 에드나 씨."

"안 좋은 모습을 보여드렸습니다."

내가 한손을 올리며 다가가자 에드나는 우아하게 인사했다.

실로 세련된 동작이었다.

나는 올렸던 한손을 가슴에 대고 다시금 천천히 답례했다.

"무슨 일이 있었습니까?"

"예…. 부끄러운 이야기지만, 사실 아가씨가 도망치셔서."

그거야 봤으니까 안다.

에리스는 정말 엄청난 기세로 도망쳤다. 순식간이었지. 나도 도망이라면 제법 하지만, 저 정도는 아니다.

에드나는 난처한 듯이 뺨에 손을 댔다.

"사실 최근 댄스를 가르쳤습니다만, 아무래도 잘 안 느는 모양이라서 댄스 시간만 되면 어딘가로 가 버리시는군요."

"호오, 그거 고생이네요. 마음은 알겠습니다."

내 수업에서도 곧잘 도망쳤으니까.

에리스는 싫은 일이라면 하지 않는 주의다.

에드나도 고생이구나. 도망치는 에리스를 붙잡는 건 어려우니까.

"…생일까지 이제 한 달도 안 남았는데 이대로 있다간 아가씨는 손님들 앞에서 큰 창피를 당하시게 됩니다."

에드나는 큰일이라는 듯이 말했다.

하지만 이제 와서 그럴 것 있나. 에리스는 이 일대에 폭력 세계의 생물로 인식되고 있다.

사람들 앞에서 댄스를 못 추는 정도로는 창피할 것도 없지.

"이번이 열 살 생일인데 웃음거리가 되다니…. 루데우스 님도 정말 너무하다고 생각하지 않습니까?"

에드나가 힐끗힐끗 이쪽을 보았다.

하고 싶은 말이 있거든 확실히 말해 줬으면 싶다.

"즉 제가 어떻게든 했으면 하는?"

"…저기, 루데우스 님 쪽에서도 에리스 님을 설득해 주실 수 없을까요? 댄스 연습에 돌아오도록."

그린 것이었다.

왜 내가 그 의뢰를 받았는가.

한가한 탓이라고 해도 좋지만, 에드나의 말에 다소 생각하는 바가 있었다.

'열 살 생일인데 웃음거리가 되어선 안 된다.'

이 세계에서는 다섯 살마다 성대하게 축하하는 습관이 있다.

다섯 살, 열 살, 열다섯 살.

세 번밖에 없다.

그런 기념할 만한 날을 괴로운 추억으로 물들이는 건 너무나도 슬프다.

조금만 노력하면 엄청나게 즐거운 추억이 되는데, 그걸 못 해냈다는 이유로 슬픈 추억이 된다.

나도 중학교 시절에 조금만 더 공부했으면 다른 학교에 들어갈 수 있었을 테고, 그러면 그런 일을 겪을 일도 없었겠지. 집에 틀어박히는 일도 없었을 것이다. 에리스가 나처럼 집에 틀어박힐 일은 없겠지만, 안 좋은 추억으로 평생 남아 있을 가능성도 있다.

그런 생각에 나는 에리스를 찾았다.


다행스럽게도 에리스는 금방 찾아냈다.

마구간 구석, 잔뜩 쌓인 건초 위에 드러누워 있었다.

"흥."

그녀는 나를 보더니 퉁명스럽게 콧김을 내뿜었다.

나는 건초에 올라가서 에리스 옆에 앉았다.

"…댄스, 잘 안… 우오오오!"

갑자기 걷어차였다.

간신히 착지해 돌아보며 긴장했다. 에리스는 공격을 시작하면 반드시 추격타를 넣는 타입이다. 막지 않으면 후두부에 드롭킥이 날아온다.

그렇게 생각했지만 추격타는 오지 않았다.

에리스는 건초 위에 드러누운 채로 하늘을 올려다보고 있었다.

"……."

나는 건초 위에 올라가서 다시금 에리스의 옆에 앉았다.

이번에는 차이지도 떨어지지도 않도록 두 손으로 건초를 붙잡았다.

그렇게 생각했더니 머리 위에 충격이 일었다.

"아야야."

에리스의 발뒤꿈치가 내 정수리에 올라와 있었다.

내려찍기라고 표현할 만큼 위력적인 것은 아니고, 그냥 내 머리에 다리를 올려놓았을 뿐이라는 느낌이었다.

기분은 나쁘지만, 기운이 없는 모양이었다.

"…연습하러 돌아가지 않겠습니까?"

"넨스라면 필요 없어."

힐끗 에리스를 보자 그녀는 여전히 하늘을 올려다보고 있었다.

"하지만."

"생일 때도 절대로 안 쳐."

에리스는 딱 잘라 말했다.

하지만 댄스 파티에서 주인공이 춤을 안 출 수는 없겠지.

나는 댄스 파티에 참가한 적은 없지만, 이런저런 이유로 끌려 나와서 춤을 추게 되리란 게 눈에 선했다.

"잘 안 되는 걸 왜 시키는 거야."

에리스는 입을 삐죽거리면서 퉁명스럽게 말했다.

마음은 안다.

하지만 여기서 도망치면 더 안 좋은 경험을 하게 될지도 모른 다.

"그렇군요. 왜냐고 물으면 어려운 문제일지도 모르겠습니다."

어떻게 하면 납득할까.

적어도 나중에 후회할 테니까, 라고 말하면 납득하지 않을 것 이다.

그건 후회한 어른의 이론이다. 후회란 것은 해 보지 않으면 모 른다.

"뭐든지 잘하는 루데우스는 몰라."

"아뇨, 저도 못 하는 것 정도는 있어요."

"있어?"

"그야 물론."

"흐응⋯."

에리스는 거기에 대해 더 묻지 않았다.

믿기지 않는다는 표정으로, 재미없다는 듯이 맞장구를 쳤을 뿐이었다.

"하지만 잘 안 되는 것이니까 열심히 노력해서 할 수 있게 되었을 때의 달성감도 크지 않을까요?"

"그런가."

에리스는 모르겠다는 듯이 하늘만 올려다보았다.

"뭣 하면 저도 돕지요. 댄스 연습, 다시금 해 보지 않겠습니까?"

"…안 해."

그 말을 끝으로 대화가 끊어졌다.

이 이상 무슨 말을 해야 좋을지 알 수 없었다.

역시 나한테는 무리인가.

길레느에게 부탁하는 편이 좋을지도 모르겠다.

하지만 길레느도 댄스가 왜 필요한지는 알 리가 없을 것이다. 나도 모르겠다. 필요성을 아는 건 에드나와 필립 정도겠지. 그럼 필립에게 부탁할까.

그렇게 생각한 순간.

에리스가 내 머리에서 다리를 치웠다.

그리고 다리를 크게 쳐들더니 반동을 이용해서 건초 위에서 획 뛰어내렸다.

"루데우스."

"예?"

"댄스 연습하러 갈래. 따라와."

내 말이 통한 걸까.

아니면 단순한 변덕일까.

어찌 되었든 할 마음을 먹어준 모양이라 다행이다.

"알겠습니다, 아가씨."

나는 그녀를 따라서 댄스 홀로 돌아갔다.

댄스 연습을 거들었다.

그러면서 나도 댄스를 배우게 되었다.

이런 것은 상대가 있는 편이 더 빨리 배운다.

물론 난 댄스라는 걸 태어난 이후로 단 한 번도 춘 적이 없었다. 기껏해야 중학생 때 오락실에서 댄스 게임을 조금 해 본 정도였다.

그래서 조금 걱정했는데.

"훌륭합니다. 루데우스 님은 재능이 있으시군요."

나는 의외로 간단히 초보자용 스텝을 몇 개나 마스터했다.

댄스라고 해도 요는 리듬에 맞춰서 정해진 스텝을 밟을 뿐이다. 제대로 운동도 하지 않았던 생전의 나라면 모를까, 이 세계에서는 체간(體幹)부터 단련하였다. 제일 간단한 거라면 별로 연습도 필요없었다.

"…흥."

내가 에드나에게 칭찬을 듣자 에리스가 토라졌다.

자기가 몇 달이 걸려도 못 했던 것을 간단히 해냈으니까 마음속이 편치 않은 것이다.

하지만 나는 그냥 배우기만 한 게 아니다.

왜 에리스가 댄스를 잘 못 하는 건지 관찰하고 있었다.

이유는 두 가지였다.

일단 첫 번째.

에드나의 강습법이 별로였다.

아니, 특별히 별로랄 정도는 아니었다. 교사로서 이 정도가 보통이겠지.

이건 이런 거고, 저건 저런 거니까 아무튼 외우세요, 라는 느낌이었다.

왜 중요한가, 무엇이 포인트인가, 그런 부분을 일체 언급하지 않는다.

내가 중학교에 다닐 때에도 이런 교사가 있었다.

그 교사는 모르는 부분이 있으면 알아서 생각하라고 말했지만, 배우는 입장으로서는 못 참아줄 지경이었다. 의문을 의문인 채로 남기고 어떻게 기분 좋게 공부할 수 있단 말인가.

두 번째.

에리스에게는 약점이 있었다.

그녀의 스텝은 너무 빠르고 너무 날카로웠다.

그녀의 성격이나 움직임은 검신류와 상성이 잘 맞는다.

하지만 그건 댄스에서 안 좋은 쪽으로 영향을 미쳤다.

리듬에 맞춰서 천천히 착착 움직일 것을 빠르게 쉭쉭 움직이려고 하니까 상대와 리듬이 어긋나는 것이다.

에리스는 자기 리듬이 흔들리는 걸 본능적으로 싫어했다. 어떤 때라도 자기 페이스를 지키려고 했다. 남에게 휘둘리지 않는다. 그건 싸움에서는 훌륭한 재능이겠지만, 댄스에서는 방해만 된다.

애초에 댄스는 상대에게 맞춰줘야만 하니까.

에드나의 말로는 이렇게나 재능이 없는 학생은 처음이라고 하지만, 그렇지 않다.

빠르게 움직일 수 있다는 건 깨끗하게 움직일 수 있다는 소리니까. 깨끗한 춤은 아름다운 법이다.

그러니까 강습법이 안 좋을 뿐이다.

그러나 에드나를 탓한다고 에리스의 움직임이 나아지는 건 아니다.

하지만 수는 있었다.


나는 여전히 서툴게 스텝을 밟는 에리스에게 어떤 것을 시험해 보기로 했다.

"에리스, 눈을 감고 자기 리듬에 맞춰 몸을 흔들어 보세요."

그렇게 말하자 에리스는 의심어린 얼굴을 했다.

"…내가 눈을 감으며 뭐 하려고!"

"…루데우스 님?"

에드나의 부드러운 웃음이 살짝 흔들렸다.

아니, 아니거든?

키스라든가 그런 거 아니거든요?

이것 참 무례한 사람들이군. 나 같은 신사를 앞에 두고….

"춤을 잘 출 수 있게 되는 마법을 걸겠습니다."

"어! 그런 마술이 있어?!"

"아뇨, 마법입니다. 마술이 아닙니다. 신기한 현상입니다."

에리스는 고개를 갸웃거리면서도 내 말에 따랐다.

검술 수업에서 몇 번이나 보았던 리듬.

재빠르게 섬세하고 날카로운, 결코 규칙적이지 않아서 읽어 낼 수 없는, 자연스럽게 상대의 리듬을 허무는, 결코 내가 흉내 낼 수 없는 천성의 제멋대로인 리듬.

"지금부터 손뼉을 칠 테니까 거기에 맞춰서 공격을 피하듯이 스텝을 밟아 주세요."

그렇게 말하고 나는 규칙적으로 짝짝 손뼉을 쳤다.

에리스는 거기에 맞추어서 휙, 휙 몸을 움직였다.

한동안 그걸 반복하다가 어느 타이밍에 말을 걸었다.

"자! 자!"

타이밍은 손뼉을 치기 직전.

그러자 에리스는 순간 멈춘 뒤에 손에만 반응했다.

"이, 이건!"

에드나가 경악하여 외쳤다.


에리스는 스텝을 밟고 있었다.


아직 조금 빠르지만, 못 맞출 건 아니다.

에드나가 주먹을 움켜쥐고 어쩐지 흥분한 기색으로 외쳤다.

"되었습니다! 되었어요, 아가씨!"

에리스가 눈을 뜨고 희색이 만면한 미소와 함께 되물었다.

"정말?!"

나는 두 사람에게 찬물을 끼얹듯이 계속 지적했다.

"자, 눈을 뜨지 말고요. 지금 그걸 기억하세요."

"기억하다니… 페인트를 읽고서 공격을 피한 것뿐이잖아!"

그래. 이 훈련은 검술 수업 중에 했던 것이다.

길레느의 공격을 피하는 수업.

페인트를 걸 때에 소리치니까, 거기에 낚이지 않도록 진짜만 피한다.

길레느의 진짜로 살의가 담긴 페인트에 반응하지 않는 것과 비교하면 살의 없는 내 목소리를 판별하고서 진짜를 피하는 건 간단하다.

참고로 그 수업 성적은 내 쪽이 에리스보다 더 나았다.

에리스는 솔직한 성격이니까 페인트에 걸리기 쉬웠다.

"에리스. 한 수업에서 배운 것은 다른 수업에서도 응용할 수 있습니다. 잘 안 되었을 때에는 다른 수업에서 비슷한 것이 없었는지 잘 생각해 보세요."

"으, 응."

에리스는 어쩐 일로 눈을 크게 뜬 채 별 다른 말 없이 얌전히 고개만 끄덕였다.

이거면 댄스는 괜찮겠지.

"역시나 아가씨에게 1년이나 산술을 가르칠 만하군요."

에드나는 정말 감복한 눈치였다. 감격한 시선으로 날 바라보았다.

아니, 역시나라고 할 정도는….

에리스에게 산술을 가르치는 게 그렇게 절망적으로 여겨졌나.

응. 뭐, 나도 꽤나 고생했지만.

절반은 길레느 덕분이고.

괜히 잘난 척하지 말자.

"저로서는 눈이 뜨이는 기분입니다. 검술과 댄스에는 통하는 면이 있군요."

에드나는 믿기지 않는 것을 보았다는 얼굴이었다.

나는 지금 기적을 보았다, 오오, 신이여, 거기에 계셨군요, 라는 얼굴이었다.

과찬이다.

"뭐, 검을 사용하는 춤도 있는 정도니까요. 댄스와 검술은 친화성이 좋을 겁니다."

"검을 사용한 춤? 어머나, 그런 것이?"

에드나는 신기하다는 듯이 되물었다.

검무는 중2병 지식 중에서도 일반상식에 가깝지만, 이 세계에는 없을지도 모른다.

"어? 어어, 저도 책에서 읽었을 뿐이라서….'"

"어머나, 그런 문헌이…. 어떤 춤인가요?"

"그, 글쎄요, 문헌에서는 사막나라에서 보았다고."

"사막… 베가리트 대륙 쪽일까요?"

"모르겠습니다. 어쩌면 마대륙에서 마족이 추었을지도요. 작은 부족이 많다고 들었으니 검을 사용한 춤을 추는 사람도 있겠죠."

그런 식으로 적당하게 둘러대었다.

"그렇군요. 그런 지식의 축적이 루데우스 님의 지혜의 기반이로군요."

에드나는 부드러운 미소로 돌아와서 나를 칭찬해 주었다.

멋대로 납득한 모양이었다.

"그래, 루데우스는 대단해!"

왜인지 에리스가 가슴을 펴고 대답하였다.

좋아, 더 말해 줘.

나는 칭찬을 들으면 성장하는 타입이니까, 후하하하하!

댄스 파티 당일.

예쁘게 차려입은 에리스를 공주님처럼 앉혀 놓고, 사울로스가 드높게 개막을 선언했다.

나는 파티장 구석에 자리 잡고 그것을 들었다.

파티 초반.

그레이랫 가문에게 잘 보이려고 모여든 중급귀족이나 하급귀족을 필립과 마님이 잘 상대하는 느낌으로 진행되었다. 두 사람은 대단하다 싶은 모습으로 누구에게도 비집고 들어올 틈을 보여주지 않았던 모양이다. 그렇다고 사울로스에게 직접 알랑거리려고 한 사람은 그 고성과 부조리할 정도로 일방적인 대응 앞에서 겨우 도망쳤다.

도망친 그들은 마지막 희망으로 이 파티의 주역인 에리스를 찾아갔다.

에리스에게는 아무런 권한도 없고 정치적인 이야기를 해도 이해 못 한다. 그러니까 부디 아버님께 전해달라는 말을 들을 뿐인 로봇이 되어 있었다.

어떤 사람은 자기 아들을 소개해 주겠다며 편하게 자란 듯한 청년이나 중년을 데려왔다. 비슷한 또래의 아이도 몇 명 있었지만, 대부분이 이미 꽤나 살찐 모습이었다. 분명 집 안에서 한가롭게 자랐겠지.

과거의 나를 보는 듯했다.

마음속으로 친밀감을 느끼고 있자니 댄스 시간이 되었다.


나는 당초 예정대로 에리스의 첫 댄스 파트너를 맡았다.

어린애처럼 제일 간단한 스텝으로, 하지만 주인공이니까 광장 한가운데에서.

연습대로 하면 된다.

"뭐, 뭐, 뭐, 뭐야…!"

음악이 연주되기 시작할 무렵 에리스는 뻣뻣하게 긴장한 모습이었다.

이래선 제대로 춤을 출 수 있을 리 없겠지.

그 정도가 아니라 갑자기 날 두들겨 패고 그 자리에서 도망칠 가능성까지 있겠지.

"……."

가볍게 시선과 움직임으로 페인트를 넣어 보았다.

그러자 에리스는 페인트에 꿈틀 반응하며 입술을 삐죽거렸다.

"뭐야."

그렇게 다시금 작은 목소리로 중얼거렸을 때에는 긴장이 풀려서 평소의 모습으로 돌아와 있었다.

그 뒤에 몇 차례 발을 밟히긴 했지만 넘어지는 일도 없이 무사히 댄스를 끝낼 수 있었다.

"수고하셨습니다, 루데우스 님."

댄스가 끝나자 에드나가 말을 걸어왔다.

멀리서 봐도 아가씨의 긴장이 풀린 게 느껴졌던 모양이다.

어떻게 했냐고 묻길래 연습에서 했던 것을 그대로 했다고 대답했다.

에드나는 의아한 표정이었지만, '물론 검술 연습에서요' 라고 덧붙였더니 가볍게 웃어 주었다.


내 역할은 끝났다.

그러니까 먹을 걸 찾아다녔다.

오늘은 신기한 요리가 많았다.

이름도 잘 모르는 달콤새콤한 과일을 사용한 파이라든가, 소한 마리를 통째로 사용한 고기요리라든가, 장식을 성대하게 올린 케이크라든가.

그것들을 만족스럽게 냠냠 먹어대다가, 경비를 서던 길레느와 시선이 마주쳤다.

뭔가 호소하는 눈빛은 아니었지만 입에서 침이 흐르고 있었다.

나는 분위기를 읽을 줄 아는 남자다.

요리를 조금씩 냅킨에 싸서 메이드를 시켜 방으로 보냈다. 경비나 고용인은 이 뒤에 평소보다 조금 호화로운 식사가 나오는 모양이지만, 이 자리에 나올 만한 요리는 나오지 않는다.


얼추 요리를 다 먹었을 무렵, 어느 틈에 눈앞에 귀여운 소녀가 서 있었다.

'처음 뵙겠습니다' 라는 말을 시작으로 이름을 대는 소녀.

중급 귀족의 딸이라는 모양인데, 이름은 길어서 다 기억할 수 없었다.

아무튼 '함께 춤추지 않겠습니까?' 라고 하기에 간단한 스텝밖에 못 한다고 말하고서 광장으로 나갔다.

제법 잘 추었다고 생각했다.

돌아오니 다른 여자가 왔다. 다음에는 자기랑 같이 춤춰달라면서.

어이, 뭐야, 나도 꽤 인기 있잖아? 그런 생각을 하는데 계속해서 왔다.

그중에는 삼십 줄이 넘은 아줌마나 나보다도 어려서 춤을 못 추는 아이도 있었다.

키 차이 때문에 추기 어려운 상대는 역시나 거절했지만, 기본적으로는 전원을 상대했다.

나는 NO라고 말할 수 있는 일본인이다.

하지만 제일 처음에 오케이했기 때문에 다른 사람들을 거절하기 어려웠다.

물론 흑심은 있었지만, 얼굴도 이름도 기억할 수 없는 양이다 보니 지쳤다.

그런 인기가 간신히 수그러들었을 무렵, 필립이 와서 설명해 주었다.

"아버지 때문이야."

처음에 에리스와 춤춘 소년이 누구냐는 질문에 사울로스가 자랑스럽게 그레이랫 성을 가진 사람이라고 떠벌린 모양이었다.

즉 모는 선 사울로스 할아버지 때문이었다.

그렇기는 해도 할아버지를 탓할 순 없었다.

"아가씨의 첫 댄스에서 긴장을 잘 풀어준 그 애는 혹시 사울로스 님의 숨겨진 자식?"

그런 말을 들어서 기분이 좋아진 것이다. 당초 예정으로는 내가 그레이랫 가문이란 걸 알리지 않으려고 했는데, 술이 들어간 탓도 있으니 어쩔 수 없을지도 모른다.

즉 지금은 분가나 첩의 자식일지 몰라도 언젠가 이름 있는 사람이 될 게 틀림없다며 자기 딸이나 손녀를 보내온 것이다.

하지만 그렇다면 댄스가 끝나고 바로 와도 되지 않았냐고 필립에게 물어보았더니, 단 음식을 냅킨에 싼 모습이 흐뭇해서 끝날 때까지 기다려 준 모양이라고 가르쳐 주었다.

보는 사람은 보았나 보다.

어프로치해 온 여자애들을 어떻게 대하면 좋을지 필립에게 물어보자, 적당히 상대하면 된다는 대답이었다.

장래에 어떻게 되더라도 내게 정치적인 관계를 갖게 할 생각은 없는 걸까. 아니면 누구와 연결되든 정치적인 힘이 되리라는 판단일까.

나도 정치적인 힘을 가질 생각은 전혀 없었다.

그래서 오늘의 인기는 그냥 거품이다.

아니, 하지만 출세하거든 귀여운 여자애들을 돈의 힘으로 마음껏 먹어야지.

그렇게 슬쩍 생각한 순간,

"하지만 파울로처럼 죄다 침대로 데려가는 건 집안 이름에 먹칠을 하는 짓이니까 삼가줘."

라는 못이 박혔다.


마지막으로 찾아온 여자는 에리스였다.

참고로 오늘 에리스는 평소처럼 활발한 스타일이 아니라 파란색 바탕의 드레스 차림이었다.

머리를 올려서 꽃 모양의 장식을 달아 아주 귀여웠다.

댄스 파티가 처음이고 모르는 어른들이 차례로 말을 걸어오자 천하의 그녀도 역시 지친 모양이었다.

하지만 자기가 주인공인 파티가 잘 풀린 탓인지 흥분도 하였다.

"저와 한 곡 추시겠습니까?"

거기에 평소처럼 목소리 크고 성큼성큼 걷고 배려 없고 예의 없는 에리스는 없었다.

여태까지 나한테 말을 붙인 여자애들에게 전혀 뒤지지 않는, 숙녀다운 모습으로 내게 댄스를 신청하였다.

"기꺼이."

그녀의 손을 잡고 홀로 나갔다.

에리스는 밝은 얼굴로 주위를 바라보며 기쁜 듯이 웃으면서 홀 중앙까지 이동했다.

그러자 우리가 배운 적 없는 다소 어렵고 변조에 빠른 리듬인 곡이 흐르기 시작했다.

연주가가 마음 써 준 걸지도 모르겠다.

"어, 으으…."

에리스는 순간 당황하였다. 억지로 괜한 연기를 하니까 이렇지.

시선으로 어떻게 해야 되냐고 호소하기에 음악에 맞추어 시선으로 페인트를 넣었다.

변조지만 오히려 이런 곡이 에리스도 추기 쉬울 거다.

물론 스텝은 대충대충이었다.

에드나에게 보여주면 한숨을 내쉬든가 화낼지도 모르겠다.

손을 잡고 평소에 검술 대련을 하듯이 치고 들었다가 빠졌다가 했다.

그것은 음악에 맞추긴 했어도 불규칙적이라서 주위에서 보면 기이하게 보이겠지.

하지만 에리스는 즐거워했다.

항상 퉁명스럽거나 울컥하기만 하는 그녀가 그 나이에 어울리는 얼굴로 웃고 있었다.

그걸 볼 수 있었던 것만으로도 이 파티에 참가한 의미가 있는 것 같았다.


댄스가 끝나자 박수가 일었다. 사울로스가 뛰어와서 우리 둘을 어깨 위에 올리고 기쁜 듯이 웃으면서 정원을 뛰어다녔다.

정말이지 기운이 남아도는 할아버지다. 주위 사람들도 그걸 보고 웃었다.

즐거운 파티였다.

파티가 끝난 뒤에 나는 길레느와 에리스를 내 방으로 불렀다.

사실은 길레느만 불러도 좋았겠지만, 길레느에게 그 이야기를 할 때에 에리스도 있었기에 내친 김에 데려왔다.

테이블에 차려놓은 음식을 보고 에리스는 배고픈 얼굴을 했다.

파티에서는 긴장하고 흥분해서 아무것도 안 먹은 모양이었다.

나는 쓴웃음을 지으면서 미리 시내에서 사서 숨겨 두었던 싸구려 술을 선반 안쪽에서 꺼냈다.

길레느를 위해 사 놓은 것인데, 에리스도 마시고 싶어 했기에 잔을 세 개 준비해서 건배.

이 나라에서는 음주가 15세부터인 모양이지만, 오늘은 살짝 눈을 감았다.

가끔은 못된 짓도 해 주지.

첫 잔을 마신 뒤에 나는 문득 어떤 생각이 떠올라서 일어났다.

"딱 좋은 타이밍이니까 오늘 주도록 하죠."

나는 그렇게 말하고 침대 옆 선반 안에서 지팡이 두 개를 꺼냈다.

"뭐야, 이거?"

"에리스에게는 생일 선물이 될까요."

"에엣, 이런 거보다 저게 좋아."

그러면서 에리스가 가리킨 것은 최근 내가 마술 훈련이라는 이름으로 만드는, 흙 마술로 만든 정밀 모형들이었다.

용이나 배, 실피의 피규어 같은 것이 줄이어 있었다.

자랑으로 할 말은 아니지만, 20대 무렵에는 피규어나 프라모델 같은 것에 빠져서 종이상자로 도색 부스까지 만들었던 시기가 있었다.

도료는 값비싸고 스프레이도 없어서 도색까진 할 순 없었지만, 흙 마술로 부품을 만들어서 조립하는 작업은 즐겁고 열중할 수 있어서 꽤나 정밀하게 만들 수 있었다.

그렇기는 해도 결국은 초보자의 솜씨지만….

참고로 처음에 만든 1/8 록시는 행상인이 금화 한 닢으로 사주었다.

지금쯤 세계를 여행하고 있겠지.

뭐, 그건 넘어가고.

"제 스승의 말로는, 마술 스승은 제자에게 지팡이를 선물하는 모양입니다. 만드는 법을 몰랐고 재료를 살 돈이 없어서 늦어졌지만, 괜찮다면 받아주세요."

길레느는 그 말을 듣더니 천천히 일어나서 공손하게 한쪽 무릎을 꿇었다.

아, 이거 알아. 검신류의 제자가 스승에게 경의를 표할 때의 포즈다.

"예, 루데우스 스승님. 감사히 받겠습니다."

"음, 좋다."

왠지 긴장해서 공손하게 건넸다.

길레느는 왠지 기쁜 표정으로 지팡이를 바라보았다.

"이걸로 나도 마술사라고 할 수 있을까."

아, 이건 그런 건가.

마술사라고 자칭하게?

그런 건 록시한테는 듣지 못했는데…. 아니, 아무리 생각해도 입문용이니까 그건 아니겠지. 하지만 마술을 배우기 시작한 시점에서 마술사라고 할 수 있지 않나? 어라라?

내 스승은 설명이 부족하다.

"어어, 에리스는 이쪽을 갖고 싶다고 했나요?"

농담 섞어서 1/8 실피를 손에 들자, 에리스는 설레설레 고개를 내저었다.

"아니! 그거, 그 지팡이! 나도 그게 좋아!"

"자, 받으세요."

재빨리 빼앗아가다가 길레느의 공손한 태도를 떠올렸는지 곧바로 자세를 가다듬고 공손하게 지팡이를 두 손으로 받쳐 들었다.

"고, 고맙습니다, 루데우스 스승님."

"음, 좋도다."

그리고 에리스는 길레느를 슬쩍 보았다.

뭐지?

길레느도 그 시선을 깨닫고 몇 초 동안 굳은 뒤에 고개를 내저었다.

"미안하지만 우리 종족에게 그런 습관은 없어서. 아무것도 준비하지 않았다."

무슨 일인가 했더니 선물을 재촉하는 것이었던 모양이다.

에리스는 실망한 얼굴로 소파에 앉았다.

고용인이 주인에게 선물을 한다는 습관은 없는 모양이지만, 잘 따르는 길레느 언니한테 아무것도 못 받는 건 불쌍했다.

도와주자.

"길레느. 이런 건 특별히 준비하지 않아도 돼요. 평소에 지니고 다니는 거라든가, 부적이 될 만한 거면 됩니다."

"흠."

길레느는 잠시 생각하더니 자기 손가락에서 반지 하나를 뺐다.

꽤나 낡고 흠이 난 나무 반지였지만, 무슨 마술이라도 걸려 있는지 빛 때문인지 아니면 재질 때문인지 다소 녹색 빛을 반사하였다.

"일족에게 전해지는 액막이 반지다. 끼고 있으면 밤에 못된 늑대의 습격을 막아준다고 하지."

"괘, 괜찮아…?"

"그래, 단순한 미신이었으니까."

에리스는 조심조심 그걸 받았다.

오른손 약지에 끼더니 가슴에 두 손을 품었다.

"소, 소쥬히 할게."

내 지팡이를 받았을 때보다도 기쁜 듯했다.

왠지 진 기분이었다.

뭐, 반지니까 여자라면 그, 그렇겠지?

"미신이었다? 그러면 길레느는 못된 늑대에게 습격당한 적이?"

문득 그게 마음에 걸려서 질문을 한 차례.

길레느는 복잡한 얼굴을 하며 끄덕였다.

"그래. 그건 무더운 밤이었다. 파울로가 물놀이를 나가자고 해서…."

"아, 역시 됐습니다. 그 이야기는 대충 짐작이 갑니다."

이런. 이 화제를 계속했다간 내 주가가 떨어질 것 같다.

파울로 때문이다. 그 녀석은 항상 날 방해한다.

"그런가. 뭐, 너도 아버지의 불놀이 같은 건 듣고 싶지 않겠지."

"그렇다마다요. 자, 얼른 먹죠. 이미 다 식었지만 맛있게 먹어요. 서로 스승과 제자로 돕고 돕는 관계니까 예의는 차리지 않는 걸로."

에리스의 기념할 만한 열 살 생일은 이렇게 아무 일도 없이 지나갔다.

다음날, 눈을 뜨자 에리스는 옆에서 자고 있었다.

열화 같은 성격이지만, 자는 얼굴은 부드럽고 귀여웠다.

"우와아."

어른의 계단을 올라갔나. 안 돼.

…그럴 리가 없지. 제대로 기억하고 있다.

밤 파티 도중에 졸리기 시작한 그녀는 내 침대에 픽 쓰러졌다.

그걸 보고 길레느도 슬슬 돌아가겠다면서 에리스를 두고 자기 방으로 돌아갔다.

차려진 밥상도 찾아먹지 못하는 건 남자의 뭐라더라. 우헤헤헤, 장난칠까 보다.

그렇게 입맛을 다시며 침대로 가자, 기기에는 길레느의 반지를 끼고 내가 준 지팡이를 꼭 가슴에 품은 채로 만족스럽게 잠든 에리스의 모습이 있었다.

저질스러운 얼굴을 한 못된 늑대는 움츠러들었다.

"액막이 반지, 효과가 있잖아."

나는 그렇게 중얼거리고 에리스에게 손가락 하나 대지 않은 채 조용히 침대 구석으로 파고들었다.

오늘은 꽤나 일찍 일어났다.

창밖을 내다보니 하늘은 부옇게 동이 트기 시작하긴 했지만 아직 어두웠다.

이대로 에리스의 잠든 모습을 구경하는 것도 좋겠지만, 깨어났을 때에 한 대 얻어맞겠지.

그래서 나는 산책을 나가기로 했다.

얻어맞는 건 싫고.

나는 조용히 침대를 빠져나와 발소리를 죽여 방을 나갔다.

"어디."

쌀쌀한 복도를 걸으면서 어디로 갈지 생각했다.

저택의 문은 아침 몇 시인가가 되어야 열린다. 밖으로는 나갈 수 없었다.

선택지는 적었다.

기본적으로 저택 어디에 뭐가 있는지는 1년 동안 기억했지만, 들어간 적 없는 장소노 많았다.

예를 들어서 이 저택에서 유일하게 높게 솟구친 탑에는 가까이 가지 않는 게 좋다는 말을 들었지만, 흥미는 있었다.

어쩌면 뭔가 좋은 게 손에 들어올지도 모르고.

말리려고 내놓은 누군가의 팬티라든가.

그런 생각을 하면서 계단을 올라 최상층으로 이동했다. 이리저리 이동하자 왠지 재미있어 보이는 나선계단이 나왔다.

이게 그 탑의 입구겠지.

가까이 가지 말라는 말을 들었지만, 어제는 에리스의 생일.

오늘은 예의를 차리지 않는 걸로 하자. 그러자.

그렇게 결심하고 계단을 올라갔다.

밖에서 봐도 높았지만, 안쪽읙 계단 숫자도 많았다. 빙글빙글 계속 올라가서 몇 층 정도 올라왔는지도 모르게 되었을 무렵, 위에서 무슨 목소리가 들려왔다.

발정기의 고양이처럼 왠지 이상한 냥냥 소리가 났다.

나는 발소리를 죽이고 가능한 한 소리를 내지 않도록 올라갔다.

최상층에는 사울로스가 있었다.

사람이 한 명 들어갈 수 있을까 싶은 작은 방에 고양이 귀 메이드와 냥냥 거리고 있었다.

과연, 다가가지 말라는 건 이래서인가….

"음?"

끝까지 잘 구경했을 무렵 사울로스가 날 눈치챘다.

메이드는 꽤나 일찍부터 알아차리고 있었다. 알아차리고 흥분하였다.

고양이 귀 메이드는 일이 끝나자 바로 내 옆을 빠져나가 계단을 내려갔다.

"…루데우스인가."

평소와 느낌이 다른, 작고 온화한 목소리였다.

현자 모드일까.

"예, 사울로스 님. 안녕하십니까."

귀족식 인사를 하는데 사울로스가 손으로 제지했다.

"됐다. 뭐 하러 왔지?"

"계단이 있길래 올라왔습니다."

"높은 곳을 좋아하나?"

"예."

그렇게는 말했지만, 저기 창문 밖으로 얼굴을 내밀면 다리가 풀리겠지

좋아하는 거랑 괜찮은 거랑은 다르다.

혹시 세계를 정복하고 이 세계에서 가장 높은 탑을 세운다고 해도 내 방은 1층에 만들겠지.

"그런데 사울로스 님은 여기서 뭘?"

"나는 저기 있는 구슬에게 기도하고 있었다."

헤에.

이 저택의 기도한다는 문화는 꽤나 퇴폐적이구나 싶었지만 말로 하진 않았다.

평소에는 엄격한 이 인간도 ⊥레이랫 가문 인간, 결국 똑같은 인간이다.

"구슬?"

창문 밖을 보니 하늘에 붉은 구슬 하나가 떠 있었다.

빛 때문인지 안쪽이 조금 움직이는 것처럼 보였다.

뭐지, 저건? 대단하잖아? 역시 마력으로 떠 있나?

"저건?"

"모른다."

사울로스는 고개를 내저었다.

"3년 정도 전에 발견했다. 하지만 사악한 건 아니야."

"어떻게 그렇게 장담하실 수 있습니까?"

"그렇게 생각하는 편이 낫기 때문이다."

과연.

그래. 손도 안 닿고. 사악한 것이라고 생각해도 정신건강상 좋지 않겠고, 좋은 것이라고 생각하고 기도하는 편이 구슬도 기분 좋겠지.

나도 기도해 볼까.

부디 하늘에서 여자가 뚝 떨어져 내리길…이라고.

"루데우스. 나는 지금부터 멀리 나가볼 건데 따라올 테냐?"

"함께하겠습니다."

사울로스 할아버지는 그걸 한 차례 한 뒤인데도 쌩쌩했다.

오늘은 한가하니까 놀아주는 모양이다.

와아…라고 기뻐하는 연기를 해야 했을지도 모르지만 힘들 것 같다.

"그러고 보면."

"뭐지?"

"사울로스 님께는 아내 분이 안 계십니까?"

빠득하는 소리가 났다.

사울로스가 어금니를 깨무는 소리임을 알고 내 등골이 오싹해졌다.

"죽었다."

"그렇습니까. 실례되는 것을 여쭈었습니다."

솔직하게 사과하였다.

모처럼 고양이 귀를 냥냥했는데 안 좋은 기억을 떠올리게 한 걸지도 모르겠다.

이런 걸 보면 에리스에게 형제가 없는 것도 안 묻는 게 좋겠군.

"그럼 갈까."

"예."

오늘은 휴일이다.

에리스는 내일부터 다시 열심히 공부하라고 하자.

이름 : 에리스 B 그레이랫

직업 : 피트아 영주의 손녀

성격 : 다소 흉포

말 : **얌전히 듣는다**

읽고 쓰기 : **읽기는 거의 완벽**

산술 : **구구단을 외운다**

마술 : **초급은 거의 다 쓸 수 있다**

검술 : **검신류 중급**

예의작법 : **파티에서 창피당하지 않을 정도**

좋아하는 사람 : 할아버지, 길레느, 루데우스

## 제6화 언어학습

열 살 생일 이후로 에리스가 고분고분해졌다

수업도 성실하게 들었고, 주먹을 휘두르는 일도 적어졌다.

나는 가정 폭력의 공포에서 해방되어서 마음에 여유를 갖게 되었다.

그래서 내 공부를 하기로 했다.

일단은 서고에서 찾아낸 역사서로 이 세계의 대략적인 역사를 조사해 보았다.

역사서에 따르면 세계는 10만 년 전부터 있었던 모양이다.

실로 판타지스러운 역사였다.

대략적으로 연표를 나누면 다음과 같은 느낌이다.


◆ 10만 년 이상 전 ◆

세계는 일곱 개로 나뉘어서 신이 각각의 세계를 지배했다는 모양이다.

이것을 태고의 신들의 시대라고 부른다.

일곱 개의 세계와 신은 다음과 같았다.

인간의 세계, 인신人神.

마족의 세계, 마신.

용족의 세계, 용신.

수족의 세계, 수신.

해족의 세계, 해신海神.

천족의 세계, 천신天神.

무족의 세계, 무신無神.

세계는 결계 같은 걸로 나뉘어서 간단히 오갈 수 없었다.

한 세계의 주민은 다른 세계가 있는 것도 몰랐다.

다른 세계가 있다는 걸 아는 것은 일부 신이나 세계를 가로막는 결계를 통과할 수 있을 만큼 강한 인물뿐이었다고 한다.


◆ 2만~1만 년 전 ◆

용의 세계에 엄청나게 사악한 용신이 탄생했다.

엄청난 힘을 가진 용신은 결계를 깨뜨리고 '오룡장'이라고 불리는 부하를 조종하여 다른 세계를 멸망시켰다.

멸망한 세계의 생존자는 살던 곳에서 쫓겨나서 다른 세계로 도망쳤다.

마지막 하나 남았을 때 '오룡장'이 용신을 배신했다.

'오룡장' 필두인 용제와 네 명의 용왕은 압도적인 힘으로 용신과 싸웠다.

5대1의 사투. 결과는 무승부였다.

그 싸움의 여파로 용의 세계는 붕괴했다.

그리고 인간의 세계만이 남았다.

이것이 이 세계다.


◆ 1만 년 전~8천 년 전 ◆

혼돈의 시대라고 불린다.

애초부터 살던 인간의 조상과 다른 세계의 주민이 뒤섞여서 싸웠던 시대.

이 시대의 문헌은 거의 없지만, 학자에 따르면 기나긴 세월을 거치면서 각 종족이 나뉘어 살게 되었다고 여겨진다.

수족은 숲에 살고, 해족은 바다를 지배하고, 천족은 고지를 확보했다. 용족은 거의 남아 있지 않지만 사람들의 눈을 피해서 몰래 살고, 무족은 어디서든 살 수 있으니 어디에든 있었다.

그리고 인간족과 마족만이 평지에서 다투었다.

당시에는 중앙대륙과 마대륙이 연결되어 있어서 거대륙이라고 불렸다는 모양이다.

◆ 약 7천 년 전 ◆

무술이나 마술이 발달하고 인구도 불어났다.

이때 제1차 인마대전이 일어났다.

인마대전이란 말 그대로 인간족과 마족의 대규모 정면충돌이다.

생전의 세계로 말하자면 세계대전이겠지.

인간족, 마족만이 아니라 다른 종족도 휘말려든 기나긴 싸움이었다.

◆ 약 6천 년 전 ◆

인마대전은 격전상태와 소강상태를 반복하면서 천 년이 지났고, 용사 아르스가 여섯 명의 동료를 이끌고 '다섯 대마왕'과 '마계대제 키시리카'를 쓰러뜨릴 때까지 계속되었다고 한다.

이름으로 보자면 마계대제는 여성이겠지.

내 머릿속에는 본디지 패션으로 차려입은 에리스가 소리 높여 웃는 모습이 떠올랐다.

아니, 용사 아르스라고 하면 드래곤 퀘○트잖아.

◆ 약 5,500년 전 ◆

인간족이란 어리석어서, 마족을 쓰러뜨린 자신들이 강하다고 착각하고 다른 종족에게 전쟁을 걸거나 인간들끼리 다투거나 하면서 전쟁의 나날을 보낸 모양이다.

참고로 마족은 노예로 다뤄졌다나.

500년 가까이 전국시대가 계속되었다고 한다.


## ◆ 5천 년 전 ◆

제2차 인마대전 발발.

천 년의 울분을 풀듯이 '마계대제 키시리카'를 필두로 마족이 궐기했다.

또 키시리카…. 이름을 물려받나?

그렇게 생각했는데 불사신의 마제라서 죽어서 몇 백 년 지나면 부활하는 모양이다.

마계대제라고 불리는 것도 다른 마제보다 한 수 위의 존재이기 때문이라나.

마족은 수족과 해족을 아군으로 삼아 인간족을 압도.

인간을 몰아붙였다.


## ◆ 4,200년 전 ◆

제2차 인마대전, 종결.

전쟁을 좋아하는 인간족은 800년이나 패배 선언을 하지 않고 계속 싸운 끝에 결국 적을 밀어냈다.

황금기사 알데바란이라는 영웅이 활약했다나.

이 녀석은 정말 말도 안 되는 치트라서 혼자서 1만 이상의 적군을 쓸어 버리고 마족의 유력자를 죄다 없애고 당시 마계대제와 대결을 벌였으며 마지막에 날린 기술로 당시의 거대륙에 구멍이 뚫려서 중앙대륙과 마대륙으로 나뉘고 링스해가 생겼다는 모양이다.

일부에서는 다름 아닌 인신으로 간주되었다.

내가 아는 알데바란이라면 필살기를 날리면 반드시 죽는 남자인데, 이 세계의 황금○투사는 격이 다르게 강한 모양이다. 대륙 운운은 수상쩍지만, 이 전쟁으로 대륙이 둘로 나뉘고 한가운데에 새로운 바다가 생긴 건 사실이라나 보다.

아무튼 대륙이 둘로 나뉜 덕분에 염원하던 평화가 찾아오게 되었다.

◆ 4,200~1,000년 ◆

여기서 연대가 단숨에 건너뛴다.

세계는 평화로웠지만, 서서히 마족이 중앙대륙에서 쫓겨났다.

인간족은 교활해서 외교적 수단을 사용하여 마족을 마대륙에 가둔 것이다.

중앙대륙은 자연이 풍부하고 살기 좋은 곳.

마대륙은 마력이 고이기 쉬운 불모의 대지.

인간족은 비천한 마족을 마대륙에 가두려고 3천 년에 걸쳐 천천히 숨통을 조이듯이 마대륙을 봉쇄했다.

다른 종족과 연대를 취하여, 두 번 다시 인마대전이 일어나지 않도록 염원을 담아서.

아마 마족도 저항은 했겠지. 하지만 외교적 수단을 사용하여 천천히 공격해 오는 상대에게 전쟁까지 일으킬 수는 없다. 그 결과 어느 틈에 마족은 마대륙 밖으로 나갈 수 없는 것을 의문으로 여기지 않게 되었다.

그리고 가혹한 환경과 부족한 자원을 두고 싸우느라 자연스럽게 내란 상태가 되었다.

마족은 자연스럽게 단련되었지만 그 숫자는 줄어들었다.


◆ 1,000년 전 ◆

마신 라플라스 탄생.

긴 역사 속에서 마왕, 마제는 여럿 있었지만, 마신이라고 불리는 인물은 오로지 라플라스가 유일하다.

라플라스는 순식간에 마족을 통합하고 마대륙을 평정했다.

당시의 전쟁 기록은 남아 있고, 전쟁기로 편찬되어 전해졌다.

지금도 라플라스는 마대륙의 아이돌이다.

라플라스는 긴 세월을 들여서 통일마계제국 같은 것을 세우고, 마족이란 종족 전체를 터프하고 강인하게 길러냈다.


◆ 500년 전 ◆

라플라스 전쟁 발발.

긴 세월을 들여 해족과 수족을 설득한 라플라스는 중앙대륙에 침공하였다.

인간족은 여태까지와 비교도 되지 않는 힘든 싸움을 할 수밖에 없었다.

라플라스는 남쪽에서 침공하여 인간족의 전력을 남부로 집중시켰고, 중앙대륙에 레드드래곤을 풀어서 산을 지날 수 없게 만들고 북쪽으로 다른 부대를 침공시켜 인간족을 분단, 단숨에 남부를 함락시켰다.

순식간에 중앙대륙의 북부와 남부를 제압하고 양방향에서 서부를 침공했다.


◆ 400년 전 ◆

궁지에 몰린 인간족은 마지막 도박에 나섰다.

일곱 명의 영웅이 해족을 설득하여 바다의 봉쇄를 해제, 바닷길을 통해 미리스 대륙으로 향했다.

미리스 대륙은 침공을 면하였다.

이유는 많았다.

성 미리스의 결계와 강인한 성기사단, 대군이 상륙하기 어려운 지형 등등.

또한 그들이 조용히 틀어박혀 있었던 것은 북쪽에 있는 대삼림大森林의 존재 때문이었다.

수족은 마족과 동맹을 맺어서 미리스 신성국을 견제하고 있었다.

그래서 일곱 명의 영웅은 수족을 설득했다.

설득이라고 할까, 일곱 명이서 수족의 각 족장을 돌며 아이를 인질로 잡아서 공감을 했다는 모양이다.

꽤나 미화해서 아이들이 협력해 주었다는 식으로 기록되기도

했지만, 나는 안 속거든?


결전 예정일.

중앙대륙에 유일하게 남은 인간들의 나라인 아슬라 왕국은 총력을 기울여서 결진에 임하었다.

거의 비슷한 시기에 일곱 명의 영웅은 미리스 성기사단과 수족을 데리고 라플라스의 본진을 강습.

격전 끝에 일곱 명의 영웅 중 네 명이 사망했지만, 라플라스의 측근을 전멸시키고 마신 라플라스를 봉인하는 데에 성공했다.

살아남은 세 사람.

용신龍神 울펜, 북신北神 카르만, 갑룡왕甲龍王 페르기우스.

그들을 '마신을 죽인 세 영웅'이라고 부르는 모양인데… 죽이지 않았잖아.

라플라스는 쓰러뜨렸지만 인간족은 많이 지쳐서 더 이상 계속 싸우기란 무리였다.

그래서 라플라스를 따라가지 않고 마대륙에 남은 온건파 마왕과 조약을 맺었다.

마대륙의 봉쇄가 풀려서 마족은 다른 대륙에서도 마음껏 다닐 수 있게 되었다.

그 외에도 마족이라는 이유로 차별받았던 부분이 조약으로 금지되었다.

생전의 세계로 말하자면 세계 인권 선언이다.

◆ ～현재 ◆

중앙대륙에서 마족을 차별하는 풍조는 뿌리 깊게 남았지만, 대략 평화롭다.


이 이야기로 몇 가지를 알 수 있었다.


• 7이 길한 숫자라는 이유.

이것은 역사에서 온 것이다.

일곱 영웅, 일곱 세계. 길한 숫자는 7.

6이 불길. '오룡장'이라든가 '다섯 대마왕' 같은 게 있지만, 보스를 포함하면 6이다.


• 엘프, 드워프, 호빗 등등의 종족.

그들은 분류로 따지자면 일단 마족이라는 모양이다.

하지만 혼돈시대에 생겨난 새로운 종족이라는 설도 있었다.

어쩌면 처음에 나왔던 무족과도 관계있을지 모른다.

참고로 이만큼 긴 역사가 남아 있는 것은 수명이 없는 종족이 있기 때문이기고 했다.

마계대제 키시리카도 그렇고, 그 외에도 불사신이라고 불리는 마왕은 많이 있다고 한다.

불사신이 되는 마술이 있을지도 모른다.

역사를 배우면서 이 세계의 언어도 다소 알 수 있었다.

이 세계에서 사용되는 주된 언어는 다음과 같다.

인간어 : 중앙대륙에서 사용되는 언어

수신어獸神語 : 미리스 대륙 북부에서 사용되는 언어.

투신어鬪神語 : 베가리트 대륙에서 사용되는 언어.

천신어天神語 : 천대륙에서 사용되는 언어.

마신어魔神語 : 마대륙에서 사용되는 언어.

해신어海神語 : 바다 전반에서 사용되는 언어.

크게 구별하자면 각각의 대륙에 사는 종족의 신의 이름이 사용된다.

하지만 인간만큼은 인신어가 아니다. 천벌 받을 짓이군.

인간어를 사용하는 중앙대륙은 북부, 서부, 남부로 나뉘고 각각의 인간어도 조금씩 다르지만, 기껏해야 미국 영어와 영국 영어 정도의 차이에 불과하다.

내가 사용하는 것은 중앙대륙 서부의 인간어다.

서부의 언어를 북부에서 해도 통하지만, 다른 지역에서는 되도록 서부의 말을 하지 않는 편이 좋다나 보다. 서부에서 온 사람은 유복하다고 여겨지기 때문에 괘씸한 놈들이 슬쩍하려고 든다나.

미리스 대륙도 북부와 남부로 언어가 나뉜다.

북부에서는 수신어가, 남부에서는 인간어가 사용된다.

바다 전반이라고 한 것은 이 세계의 바다에는 해인족이라는 종족이 살기 때문이다.

해어족이라는 단어는 어딘가에서 들었지만 시내에서는 본 적이 없었다.

나는 매달 받는 급료 외에 피규어를 만들어서 팔거나, 휴일에 일용직 아르바이트(필립의 일을 거든다)를 하거나, 어느 날 구입한 상품을 몇 달 뒤에 팔아치우거나 하는 식으로 일을 해서 나름대로의 돈을 모았다.

『시그의 소환 마술』을 구입하려고 모은 돈이다.

하지만 그 책은 잠깐 안 본 사이에 팔려 버렸다.

소환에 흥미가 있었는데 어쩔 수 없다.

없는 걸 살 수는 없었다.

나는 수중의 돈을 다른 곳에 쓰기로 했다.

급화 다섯 닢 정도로 살 수 있는 것. 아니, 꼭 한 번에 다 쓰지 않아도 되겠지.

그때 눈에 들어온 것이 모르는 언어로 된 책이었다. 역사 이야기를 듣고, 언어 이야기를 듣고, 역시 언어를 배운다는 것의 중요성을 깨달았다.

그래서 나는 다른 언어를 배우기로 했다.

일단은 길레느가 할 수 있다는 수신어부터 시작했다.

마신어도 배우고 싶었다. 록시에게 기초만이라도 배울 수 있도록 편지를 보내 보자.

아홉 살이 되었다.

에리스의 가정교사를 시작한 지 2년이 지났다는 소리다.

작년에는 1년 동안 수신어를 배웠다.

길레느에게도 도움을 받았지만, 습득에는 그리 시간이 걸리지 않았다.

배워야 할 글자 수가 적었고, 패턴만 알면 구어도 간단했다.

생전에는 외국어에 크게 약했는데, 이 몸은 정말로 이해력이 좋다.

그리고 현재.

나는 마신어를 배우고 있다. 마족의 말로 쓰인 책은 저렴했다.

서점 주인도 '뭐라고 적힌 책인지 모르겠는데?' 라는 말을 하였다.

은화 일곱 닢이었지만 여섯 닢으로 깎았다.

★　★　★

그리고 또 석 달이 지났다.

마신어 번역은 그리 진전이 없었다.

번역이라는 작업은 꽤나 어려웠다.

아니, 분명하게 말하지.

무슨 이야기를 하는 건지 전혀 모르겠다.

하다못해 제목을 알면 내용을 상상하거나 구멍을 메워볼 수 있었을지도 모른다.

하지만 내용도 모르고 말도 모른다면 나로서는 두 손 들 수밖에 없다.

수신어를 간단히 배웠던 것은 길레느가 있었던 탓도 있지만, 그것만이 아니었다.

교과서로 사용했던 책의 내용이 『페르기우스의 전설』에 나온 수족의 영웅 이야기였기 때문이다. 외전격이었지만, 수중에 『페르기우스의 전설』이 있으면 단어를 이해하기란 간단했다.

하지만 마신어는 전혀 모르겠다.

고고학자는 대체 어떻게 글자를 해독했을까.

먼저 의미를 아는 단어를 찾아내는 걸로 시작한다. 같은 단어를 찾아서 쓰고 각각의 의미를 가정한다.

아마 그런 느낌.

응, 뭐, 그 이전에 어떤 게 단어인지도 모르겠다.

전혀 모르겠다.

어떻게 해야 할지 수단이 떠오르지 않을 무렵.

간신히 록시에게서 답장이 돌아왔다.

1년 이상이나 연락이 없어서 도중에 편지에 무슨 일이 생겼던가, 록시가 이미 시론 왕궁에 없는 걸지도 모른다고 생각하던 참이었다.

드디어 도착했다.

"후후…."

록시의 답장이라는 것만으로도 기뻤다. 스승님은 건강히 지내고 있을까. 나는 조급해지는 마음을 억누르면서 메이드에게 편지를 받았다.

편지…라기보다는 소포였다.

묵직한 나무상자였다.

크기는 그렇게 크지 않았다. 기껏해야 전화번호부 정도.

나무상자 안에서 나온 것은 편지와 두꺼운 책 한 권이었다. 책에는 제목이 없었고 커버는 동물 가죽. 전화번호부에 커버를 씌운 느낌이었다.

아무튼 편지부터.

뜯기 전에 냄새를 맡으니 록시의 향기가 나는 듯했다.

〈루데우스 님에게.

편지, 잘 보았습니다.

얼마 되지 않은 사이에 꽤나 성장하신 것으로 보입니다. 설마 피트아 영주님 따님의 가정교사가 되다니, 놀라서 벌어진 입이

다물어지지 않습니다.

참고로 저는 그 일, 면접에서 떨어졌습니다. 이게 연줄의 힘일까요.

현재 왕자님의 가정교사가 아니라면 질투했을지도 모릅니다.

또 그것만이 아니라 검왕 길레느와도 알게 되고 제자로까지 들어가다니. 검왕 길레느는 아주 유명한 사람입니다. 검신류에서 네 번째로 강한 사람이니까요.

하아, 다섯 살 때 제가 목욕하는 걸 엿보던 루데우스는 어디로 간 걸까요.

너무나도 머나먼 사람이 되었습니다.

—본론으로 들어가죠.

마신어를 배우고 싶다고 했지요.

마족의 각 부족에게는 인간족이 모르는 오리지널 마술이 많이 존재합니다.

문헌은 남아 있지 않지만, 마신어를 할 수 있으면 장래에 부족의 마을에 찾아가서 배울 수 있을지도 모릅니다. 물론 양호한 관계를 쌓는다면 말이지만요. 어지간한 마술사라면 절대로 배울 수 없겠지만, 루데우스라면 어쩌면 다룰 수 있을지도 모르겠네요.

그런 기대를 하며 루데우스를 위해 교과서를 한 권 썼습니다.

제가 직접 썼습니다.

시간이 꽤나 걸렸으니까 팔거나 버리지 말고 소중히 보관해 준다면 기쁘겠습니다. 서점에서 팔리는 걸 보면 울지도 모릅니다….

　도구점 말이 나와서 말인데, 왕자님이 몰래 성을 빠져나가서 저와 똑같이 생긴 조각상을 샀습니다. 로브가 탈착식이고 체형부터 사마귀 위치까지 똑같았습니다.

　기분 나쁩니다.

　어쩌면 가까운 시일 내에 저주로 죽을지도 모르겠습니다.

　짚이는 바는 없습니다만….

　괜찮거든 또 편지를 보내겠습니다.

록시가.

　추신　모험가 중에서는 지팡이를 가졌으면 마술사라는 인식이 있습니다.〉


　과연.

　일단 목욕 이야기는 오해다. 엿본 게 아니다.

　우연히 눈에 들어온 거다. 진짜로 우연이다.

　록시가 목욕하는 시간은 알았지만, 엿본 건 우연이다.

　어느 시간대에 의식적으로 집 안을 산책했지만 우연이다.

　그렇기는 해도 길레느는 검신류에서 네 번째인가.

　검신, 검제, 검왕이니까… 어라?

　아, 검제가 두 명 있나.

　그렇다면 검왕은 한 명밖에 없나?

　검신류 검사가 세상에 많이 있다고 들었다. 그러니까 검왕이 열 명 정도 있다고 생각했는데 의외로 좁은 문일까.

또 록시 조각상은 우연하게도 본인 부근에 도달한 모양이다.

왕자님도 보는 눈이 있군.

어차, 그런 것보다도.

동봉된 책은 록시가 직접 썼다나 보다.

편지가 얼마 걸려서 도달했는지는 모르지만, 집필 시간은 반년도 안 되겠지. 나를 위해 열심히 써 준 책이다. 분명 마신어의 해독에 도움이 되겠지. 나도 열심히 마신어를 해독해 보자.

그렇게 생각하며 나는 의자에 고쳐 앉고 책을 펼쳤다.

NOW READING.

루데우스 독서 중이다.


"이거 대단한데."

나는 책을 바라보면서 놀라움을 감추지 못했다.

그건 교과서이며 사전이었다.

모든 마신어에 인간어 번역이 달려 있었다.

아마도 시론 왕궁에 있을 언어사전을 보면서 베껴 썼겠지. 단어부터 세밀한 표현, 발음까지 완전 망라하였다.

놀라기에는 아직 일렀다.

후반에는 록시가 아는 한 모든 부족의 정보가 실려 있었다.

모든 부족의 설명과 록시의 주관적인 해설이 있었다.

이 종족은 이게 안 된다, 저 종족은 저게 안 된다.

서툴지만 삽화도 일단 그려져 있고 주석으로 '이게 특징!!' 이라는 화살표까지 있었다.

특히나 미굴드족의 항목은 다섯 페이지에 걸쳐서 제일 자세하게 적혀 있었다. 내가 자기네 종족에 대해 잘 알아 주기를 바라며 록시가 애쓴 것이라 생각하니 실로 미소가 그려졌다.

'미굴드족은 기본적으로 다들 단 것을 좋아합니다.'

그런 말이 있었는데 사실일까?

사실이라면 다음에 만날 때에 단 거라도 준비하고 싶었다.

그렇기는 해도 이걸 1년도 안 되는 기간에 썼다고 생각하면 록시에게는 정말로 고개가 숙여질 따름이다. 혹시 만나게 된다면 그 때는 다리라도 핥아 줘야지.

록시의 다리는 분명 맛있을 게 틀림없다.

아니.

하지만 이건 지금의 내게 최강의 교과서라고 할 수 있었다.

생전에는 별로 성적이 좋지 않았지만 이 몸은 묘하게 이해력이 좋다.

반년만 더 있으면 이 책을 완벽하게 마스터할 수 있겠지.

최소한 간단한 말 정도는 할 수 있게 되고 싶다.

노력하자.


★ 길레느 시점 ★

루데우스가 방에 틀어박혀 있다.

또 뭔가를 시작한 모양이다. 그 소년은 때때로 나를 놀라게 한다.

처음에 만났을 때는 왠지 미덥지 않은 소년이라고 생각했다. 자신감 넘치는 파울로가 팔불출 부모의 눈으로 과장해서 떠들었다고만 생각했다.

파울로와는 의리 있는 관계다.

그 이상의 감정은 없지만, 의리는 있다. 그러니까 만에 하나 에리스 아가씨의 가정교사가 되지 못하더라도 저택에 머무를 수 있게 진언하자고 생각했다.

그런데 순식간에 에리스 아가씨의 신뢰를 얻어서 가정교사 자리에 앉았다.

유괴 사건은 루데우스가 기획한 것.

그걸 집사가 돈 욕심으로 이용했다고 들었지만, 내가 현장에 도착했을 때 루데우스는 집사가 고용한 두 남자와 대등하게 싸우고 있었다. 한쪽은 북신류의 상급 검사였는데도 불구하고 두 가지 마술을 나눠 쓰거나 합치거나 하는, 실로 유니크한 전투법으로 압도하고 있었다.

아직 어린 탓에 마무리가 서툴렀지만, 그 나이에 그 전투 센스는 천부적인 것이다.

나라도 100미터 이상 떨어진 위치에서 싸움을 시작하면 패배할지 모른다.

전투 센스만이 아니다.

에리스 아가씨의 수업 계획을 세워서 효율적으로 수업하였다.

수업 내용도 알기 쉬웠다.

설마 내가 읽고 쓰기와 산술을 배우고 지팡이까지 받게 되다니….

마을에서 제일가는 악동 소리를 듣다가 열 살도 되기 전에 떠돌이 검사에게 맡겨져서 검성이 되긴 했지만, 온갖 파티에서 손가락질 받다가 간신히 정착한 파티에서도 머리 나쁜 경박한 남자한테 '너는 머리가 근육이니까 생각하지 마'라는 말을 듣던 내가 말이다.

혹시 지금 돌아가면 마을 사람들은 어떤 얼굴을 할까.

생각만 해도 웃음이 나올 것 같다.

설마 마을 사람들을 떠올리며 이런 생각을 하는 날이 올 줄이야.

내 자식이라고 해도 될 만한 나이의 아이에게 이렇게 뭔가를 받은 적은 없었다.

파티를 해산한 뒤로 빼앗기기만 하는 매일이었다.

사기 당해서 무일푼 신세가 되고, 남의 것에 손대지 말라는 스승님의 엄한 가르침 때문에 도둑질까지는 못 하고, 굶주려서 제대로 일도 못 하며 아사 직전까지 빠졌던 나를 구해준 사울로스 님과 에리스 님.

나는 이 두 사람을 향한 것과 동급의 경의를 루데우스에게 보낸다.

스승…이라고 하자면 검신님이 '그런 꼬맹이와 내가 동렬이냐!'라고 화내실 것 같으니까 선생님이라고 해야겠지.

루데우스에게는 선생님으로 경의를 표한다.

그는 정말로 끈기 있게 산술이나 마술을 가르쳐 주었다.

노력한다고 했지만, 나는 이해력이 좋은 편이 아니라서 몇 번이나 같은 실수를 반복하였다. 하지만 루데우스는 싫은 내색 한 번 하지 않고 친절하게 가르쳐 주었다. 그것도 매번 말을 바꾸어가면서 내가 이해할 수 있도록.

덕분에 나는 2년이라는 짧은 기간 동안에 불과 물 계열의 초급 마술을 마스터할 수 있었다.

루데우스의 교육방침일까, 금방 중급으로 넘어가지 않고 배운 마술을 무영창으로 쓸 수 있도록 훈련하고 있다.

양손을 쓸 수 없더라도 간단한 마술을 쓸 수 있다면 합리적이다. 그리고 아주 이해하기 쉽다. 이해할 수 있으면 노력도 하게 된다. 물론 노력을 해도 안 되긴 하지만.

검의 스승인 검신님은 머리 나쁜 내게 '합리' 라는 말을 계속해서 말씀하셨다.

'합리란 다시 말해 기초다.'

이것이 검신님의 말씀이다.

기나긴 세월을 통해 키워온 유파의 기초는 합리성 덩어리다.

수수한 기초를 싫어하던 어린 내게 스승님은 계속해서 끈질기게 말씀하셨다. 계속해서 기초를 연습시키셨다.

덕분에 분에 넘치는 검왕이라는 힘을 손에 넣었다.

루데우스의 교육 방법은 검신님과 많이 비슷하다.

에리스 아가씨는 루데우스가 없을 때면 '더 화려한 마술을 쓰고 싶다'면서 푸념을 흘리지만, 나는 지금 이대로면 족하다고 생각한다. 실전에서 가장 믿을 만한 것은 오랜 시간 동안 주문을 외워서 강력한 마술을 쓰는 상급 마술사가 아니다. 자잘한 초급, 중급 마술을 상황에 맞추어서 적절하게 나눠 쓰는 마술사다.

예전에 마술사 같은 건 사람들끼리의 싸움에서 아무런 도움도 안 되는 존재라고 생각했다.

하지만 지금은 다르다.

루데우스를 본 뒤니까 말할 수 있다.

고속으로 움직이면서 행동 방해와 공격 마술을 동시에 구사하는 상대가 있다면 검사에게 더없는 강적이다.

마을에서는 계속 파울로가 상대를 했다고 들었다. 어른스럽지 않은 파울로니까 루데우스를 마음껏 이겨댔겠지.

그 결과 검사를 상대로 하는 전술은 완벽하다고 할 수 있는 움직임을 손에 넣었지만….

전화위복.

파울로도 때로는 괜찮은 일을 한다.

물론 한 치만 삐끗했으면 루데우스가 싸움 자체를 포기하고 그 재능이 묻혀 버릴 가능성도 있었다. 포기하지 않고 계속했던 것은 파울로의 지기 싫어하는 부분이 유전된 거겠지.

언젠가 파울로를 이길 기술을 가르쳐 주고 싶다.

물론 루데우스에게 검신류의 재능은 없다.

합리성을 추구한 나머지 너무 생각이 많다. 합리적인 움직임을 하는 기초를 더욱 합리적으로 만들려다보니 합리적이지 않은 결과로 끝난다.

루데우스의 성격을 생각하면 잘못은 아니고, 아마도 마술을 쓰는 것을 전제로 했겠지. 하지만 움직임 하나로 모든 것을 판단하고 한순간의 교차로 결판을 내는 검신류에는 맞지 않는다.

파울로는 가르쳐 주지 않은 모양인데, 북신류나 수신류 쪽이 맞겠지.

애석하게도 나는 검신류밖에 쓸 줄 모른다.

가르쳐 줄 수는 없지만 연줄은 있다.

3년 뒤에 혹시 루데우스가 아직 검술을 배울 생각이 있다면 북신류의 누군가를 소개해 주자.

내가 할 수 있는 것은 계속 검신류의 기초를 가르쳐 주는 정도다.

기초가 완성되면 북신류를 배우기 시작해도 금방 늘겠지.

물론 그것도 그가 검술을 계속 배울 생각이 있다면의 이야기다.

지금은 스승을 잘못 만나서 막힌 모양이지만, 언젠가 루데우스는 마술사로서 대성할 것이다. 신급 정도면 너무 대단해서 알 수 없지만, 혹시 루데우스라면 제급까지 습득할지도 모른다.

루데우스의 장래로 뭘 권하면 좋을까.

분명 록시라는 마술 스승도 고민했겠지.

결과적으로 도망쳤으니까 한심하다는 생각도 들지만, 탓할 생각은 없다.

오히려 그녀에게 감사해야겠지. 덕분에 나는 마술을 쓸 수 있게 되었으니까.

우둔한 스승 밑에서 배워도 제자의 성장을 막을 뿐…. 언젠가 나도 누군가에게 검술을 가르치는 것을 고통으로 느끼는 날이 올지도 모른다.


생각이 옆으로 샜다.

그래. 루데우스가 뭔가를 하는 모양이다.

물론 휴일이라면 항상 시간이 남아도는 아가씨와 달리 루데우스는 언제나 뭔가 새로운 것을 하려고 한다.

저번에도 수신어를 배우고 싶다면서 저녁식사 후에 책을 한 손에 들고 내 방으로 찾아왔다. 대삼림에서만 사용하는 말을 배워서 어쩔 건가 싶었는데, 루데우스는 반년 걸려서 언어를 익혀버렸다.

수신어에 어려운 말은 없다. 일상회화 정도면 완벽하게 할 수 있겠지.

언어를 배운 루데우스는 별로 기쁜 얼굴도 하지 않고 말했다.

"이걸로 언제든지 '대삼림'에 갈 수 있겠네요."

그런 폐쇄적인 곳에 가서 뭘 할 거지?

그렇게 물어보았더니 그는 허둥거렸다.

"예? 아뇨, 딱히…. 아, 고양이 귀를 한 예쁜 애가 있을지도 모르잖아요."

그때 나는 확신했다.

이 녀석은 역시 파울로의 자식이고 그레이랫 가문의 피를 이었다고.

그래. 그레이랫 가문 인간들은 왜인지 나를 이상한 눈으로 본다.

여자로서 보는 거라면 불쾌한 기분은 안 들지만, 그게 아니다.

뭔가 기묘한 시선이다.

대개 수컷이라는 생물은 내 가슴을 본다. 일단 얼굴을 본 뒤에 힐끗힐끗 다른 곳을 보는 척하면서 가슴을 본다. 그리고 시선이 더 내려가서 배, 사타구니, 넓적다리다. 뒤에서는 엉덩이를 본다.

뭐, 불쾌하진 않다.

하지만 그레이랫 가문의 남자들은 다르다.

처음에는 그들도 얼굴과 엉덩이를 본다고 생각했다. 보는 정도라면 괜찮겠지. 그 이상을 기대하는 것도 아니고.

그런 괴짜는 파울로 정도다.

그렇게 생각했는데, 아무래도 시선의 위치가 이상하다는 걸 깨달았다.

얼굴을 보는 시선은 조금 더 위를, 엉덩이라기보다는 조금 더 바깥쪽을….

뭘 보는 건가 했더니 귀와 꼬리였다.

에리스 아가씨도, 사울로스 님도, 필립 님도 그렇다.

루데우스를 마차로 데리러 가기 전에 왜 귀를 보는 거냐고 처음으로 물어보았다.

그러자 필립 님은 안색 하나 바꾸지 않고,

"'보레아스'는 수족을 좋아하지."

라고 단언하였다. 단언하면서 귀를 바라보았다.

또 루데우스는 귀족의 이름을 잇지 않았지만 '노토스' 일족이니까 다르다는 설명을 들었다.

"물론 파울로의 자식이니까 여자를 밝히는 건 틀림없겠지만."

그런 추가 설명이 있었다.

그때는 그럴 수도 있겠다고 생각했다.

하지만 만나 보니 루데우스는 파울로의 아들이라고 생각할 수 없을 만큼 신사였다.

그리고 파울로의 아들이라고 생각할 수 없을 만큼 노력가에, 파울로의 아들이라고 생각할 수 없을 만큼 근면하고, 파울로의 아들이라고 생각할 수 없을 만큼 금욕적…은 아니었다.

그렇다고는 해도 파울로의 아들이 아닐지도 모른다고 생각했던 건 사실이었다.

하지만 생각을 고쳐먹었다.

틀림없다. 루데우스 그레이랫은 파울로의 혈통이다.

"역시 너는 파울로의 아들이군. 말이 통하는 동족만으로는 만족할 수 없나?"

"농담으로 한 말이에요. 그런 말 하지 마세요."

꼭 농담도 아니겠지.

이 남자는 장래에 여자를 후리고 다닌다.

최근 루데우스를 보는 에리스 아가씨의 눈이 빛나기 시작했다. 연애 쪽으로 어두운 나지만 그 정도는 안다. 파울로에게 반하기 시작했을 무렵의 제니스와 똑같았다.

그런 루데우스가 최근에는 마신어를 배운다는 모양이다.

수족 다음에는 마족인가. 저 소년은 장래에 전 세계의 여자를 찾는 여행이라도 나설 생각일까.

파울로도 예전에 비슷한 말을 하였다.

중앙대륙을 돌면서 하렘을 만들겠다고 했던가.

결국은 미리스 대륙에서 제니스에게 붙잡혔을 때 단념한 모양이지만, 그 마음을 이은 걸까.

정말이지 한심한 부자다….

아니, 루데우스에게는 경의를 표한다.

거짓말이 아니다. 경멸하는 건 파울로뿐이다.

루데우스는 그 편린을 보였을 뿐이지 아무것도 하지 않았다.

아직 아무것도 하지 않았다.

그는 존경할 만한 소년이다.

음. 지금으로서는.

"왜 그래, 길레느?"

생각에 잠겨 있었더니 에리스 아가씨가 눈앞에 있었다.

그녀도 2년 동안 꽤나 성장했다.

처음 만난 것은 5년 정도 전이었다.

당초에는 도저히 손 쓸 수 없는 응석받이라고 생각했다.

첫날 검술 수업에서 제대로 설 수도 없을 만큼 '귀여워해' 주었더니, 밤중에 목검을 들고 덤벼들었다. 반격했더니 한동안 얌전해졌지만, 그래도 몇 달이나 눈을 번쩍번쩍 빛내면서 틈만 엿보았다.

스스로도 꽤나 악동이었기에 그 행동에는 친밀감이 일었다.

나도 예전에는 이런 느낌이었지, 라고.

처음에는 검술 대련을 해도 저게 싫다, 이게 싫다는 식으로 불평만 해 왔다.

하지만 최근에는 꽤나 얌전해졌다.

작년 생일 즈음부터 별로 소리도 치지 않게 되고, 옷도 더럽히지 않게 되었다.

예의작법 수업 덕분이라기보다는 루데우스에게 잘 보이고 싶기 때문이겠지.

흐음, 열 살 생일날에 루데우스가 무슨 말인가 했군.

파울로에게 물려받은, 뱃속까지 찌르르하게 울리는 말로 농락한 게 틀림없다.

그러고 보면 열 살 생일날에 에리스 아가씨는 루데우스의 방에서 잤던 모양이다.

설마… 아니, 설마. 아무리 그래도 두 사람은 아직 어리다.

하지만 언젠가 두 사람이 짝이 되었다고 해도 나는 놀라지 않을 것이다.

에리스 아가씨를 휘어잡을 남자는 그리 많지 않다.

"루데우스 생각을 하고 있었다."

"흐응, 어떤 생각?"

에리스 아가씨는 고개를 갸웃거렸다.

그 눈에는 살짝 질투의 빛이 있었다.

뺏지 않을 테니까 안심해라.

"왜 마대륙의 언어를 공부하고 있을까, 하는 생각."

"전에 말했잖아."

말했던가?

루데우스의 가르침은 기억하지만, 갑작스럽게 언어를 배운 이유는 짚이는 바가 없었다.

"뭐라고?"

"뭔가에 도움이 될지도 모른다면서."

그러고 보면 이 저택에 온 지 얼마 안 되었을 무렵, 상점에서 가격과 상품명을 적으면서 그런 말을 했던가.

결국 그건 뭐에 도움이 되었을까.

그러고 보면 과거에 파티를 짰던 시프는 소모품 가격에 해박했다.

갑자기 어떤 가게를 발견하더니 여기 치료약은 시세의 반값이니 사자고 그러면서 질 낮은 물건을 마구 쓸어 담았던 것은 안 좋은 추억이었다.

하지만 생각해 보면 시세를 모르면 질 낮은 물건을 두 배, 세 배의 가격으로 사더라도 모를 것이다. 그때는 모른다고 말했지만, 잘 생각해 보면 역시 시세라는 건 알아두는 편이 좋다.

루데우스에게 산술을 배운 덕분에 더 이상 거스름을 잘못 받아도 모를 일 없지만, 처음부터 가격을 속이고 들 가능성도 있다.

산술을 배웠다고 상인이 될 수 있는 것은 아니지만, 사용할 기회는 많다.

"루데우스 이야기는 됐어. 어차피 생각해도 잘 모르니까. 그보다도 길레느. 한가하면 검술 대련 좀 해 줘."

에리스 아가씨는 최근 들어 열심히 검술에 달라붙었다.

이유는 모르겠지만 초조함 같은 걸 느꼈을지도 모른다.

루데우스는 아홉 살. 아가씨가 루데우스를 만난 것도 아홉 살.

당시의 아가씨보다도 지금 루데우스 쪽이 더 능력 있다는 건 일목요연하다.

읽고 쓰기, 산술, 마술은 당연하고 사회상식이나 대화 능력에 이르기까지.

작법은 모르더라도 예의가 있다. 언동도 상인처럼 친절하다.

유머도 있다. 살짝 성적인 장난이 눈에 걸리지만 그것도 애교겠지.

정말로 아홉 살인지 의심스럽다.

글로만 대화를 주고받으면 마흔 살 정도라고 해도 믿을지 모른다.

그러고 보면 왕룡왕국 쪽에서는 그런 사기가 유행한다는 모양이다. 읽고 쓰기를 할 수 있는 사기꾼이 귀족 청년을 가장해서 귀족 자녀에게 편지를 보내고 오랜 시간에 걸쳐서 믿음을 얻은 뒤 어느 날 갑자기 불러내어 붙잡아다 노예상인에게 판다나.

에리스 아가씨는 그런 루데우스에게 하다못해 하나라도 이길 수 있기를 바라는 걸지도 모른다.

그것이 검술이니까 나로서는 기쁠 따름이다.

"알았다, 에리스. 정원으로 가자."

"응!"

에리스 아가씨는 기운차게 끄덕였다.

그녀에게는 검신류의 재능이 있다.

이대로 진지하게 검의 길을 걸으면 언젠가 나도 뛰어넘는 검사가 될지 모른다.

지금은 아직 중급이지만, 3년 동안 꼬박 기초를 가르친 결과가 최근 여실하게 나타나기 시작했다.

날카롭고 빠르게 파고든다.

몸에는 '투기'가 실리게 되었다. '투기'를 자각적으로 제어하게 되면 어엿한 검신류 상급전사가 된다.

완전히 제어하게 되면 검성이다.

그리 먼 미래는 아니겠지.

에리스 아가씨가 어디까지 성장할지는 모르지만, 혹시 내가 가르치는 동안에 검성이 되거든 한 번 스승님과 만나게 하자.

가능하면 루데우스도 함께.

스승님은 어떤 얼굴을 하실까.

기대된다.

이름 : 에리스 B 그레이랫

직업 : 피트아 영주의 손녀

성격 : 다소 흉포

말 : 얌전히 듣는다

읽고 쓰기 : **쓰기도 늘었다**

산술 : **나눗셈이 조금 서툴다**

마술 : **무영창은 전혀 안 된다**

검술 : 검신류 중급 (이제 곧 상급)

예의작법 : **숙녀 흉내**

좋아하는 사람 : 할아버지, 길레느, 루데우스

## 제7화 확약

이럭저럭 해서 나도 이제 곧 열 살이다.

2년 동안 어학 공부에 열중했다.

마신어, 수신어 외에 투신어도 습득하였다.

투신어는 인간어와 많이 비슷해서 습득이 그리 어렵진 않았다.

영어 안에 살짝 독일어가 섞인 느낌이었다.

단어나 표현이 다를 뿐. 문법의 기초는 인간어와 똑같다.

이 세계의 언어는 그리 어렵지 않았다. 하나를 배우면 다른 것에도 응용할 수 있다. 전 세계를 끌어들여 전쟁을 했던 영향일까.

물론 천신어와 해신어는 문헌도 없고 사용하는 사람도 없기 때문에 습득할 수 없었다.

뭐, 4개 국어나 할 수 있으면 살아가는 데에 충분하겠지.

검술 쪽은 간신히 중급이 될 수 있을 것 같았다.

에리스가 고작 2년 만에 중급에서 상급이 되었기에 나로서는 이미 상대가 되지 않았다.

재능의 차이가 느껴지는구나.

뭐, 휴일에도 노력한 모양이니까 그렇겠지.

내가 언어학습에 들인 시간을 그녀는 검술에 들였다.

차이가 나오는 것도 당연하겠지.

마술은 피규어 제작 훈련을 하는 정도였다.

더 세밀한 작업을 할 수 있게 되었으니까 늘기는 했을 것이다.

그렇다고는 해도 한계에 부딪친 것도 분명하다. 뭐, 이쪽은 마법대학에서 배우면 되겠지.

조급해 할 필요는 없다.

그렇기는 해도 이 세계에 와서 벌써 10년인가.

감개무량함을 느낀다.

내 생일 한 달 전부터 에리스를 필두로 저택사람들이 안절부절못하는 기색을 보이기 시작했다.

무슨 일이지?

혹시 누구 중요한 사람이라도 찾아오나? 다른 그레이랫 가문 사람이라든가, 아니면 에리스의 피앙세라든가….

아니, 설마 그런 일이.

에리스에게 피앙세라니, 막 웃음이 나올 것만 같았다.

하지만 불안해서 좀 알아보기로 했다.

에리스의 뒤를 미행했더니, 부엌에서 에리스와 메이드가 기쁜 듯이 대화를 나누는 모습과 조우했다.

길레느도 있었지만, 아무래도 나를 알아차리지 못한 듯했다.

강인한 수족 검사의 눈은 요리 앞의 식재료에 못박혀 있었다.

"루데우스가 놀라는 모습을 보는 게 기대돼! 울면서 기뻐할지도!"

"글쎄요. 다름 아닌 루데우스 님이니까 속으로는 놀라도 겉으로는 드러내지 않으실지도 모릅니다."

"하지만 기쁘게 생각하겠지?"

"그야 물론이죠. 분가라는 이유로 꽤나 고생하셨으니까요."

딱히 고생 같은 거 안 했는데.

하지만 대체 무슨 이야기를 하는 걸까.

험담일까. 잘 대처해 왔다는 자신은 있지만, 그렇게 생각하는 건 나쁘고 이 집안 사람들은 좋지 않게 여겼던 걸까.

그렇다면 울 자신이 있다.

베개를 물티슈처럼 만들어서 메이드의 일을 늘릴 자신이.

"루데우스의 생일까지 늦으면 안 돼!"

"너무 서두르시면 잘 안 될 텐데요?"

"잘 안 되면 안 먹어 줄까?"

"아뇨, 루데우스 님이라면 어떤 것이라도 드셔 주십니다."

"정말?"

"예, 사울로스 님이 그 자리에 계신 한."

아, 이거. 어쩌면 그건가.

깜짝 파티 준비?

"루데우스도 그런 집 출신이 아니라면…."

에리스가 가엾다는 듯이 말했다.

과연. 나는 대화의 흐름에 납득하고 그 자리를 떠났다.

아무래도 나는 공공연하게 말할 수 없는 인물인 모양이다. 그렇지, 그런 인간의 아들이라면 숨기고 싶어지겠지, 라는 식으로 생각했지만, 물론 그런 의미는 아니었다.

몇 년 동안 알게 된 사실이다.

파울로의 본명은 파울로 노토스 그레이랫이라고 한다.

'노토스' 란 것이 파울로의 귀족명이다.

파울로는 예전에 노토스 집안에서 의절당해서, 그 동생인가 사촌인가가 지금 당주다.

뭐, 그건 좋다. 이미 지나간 이야기다.

하지만 그걸 지나간 이야기로 생각하지 않는, 그러길 싫어하는 사람이 몇 명 있는 모양이었다.

노토스의 현재 당주가 파울로 이상의 쓰레기여서 갈아치우려고 하는 일파다.

현재 당주도 그런 기척에 민감해서, 자기 힘이 닿는 상대는 극력으로 배제하려고 했다.

그렇기에 현재 보레아스 가문에서 보호받는 내가 노토스 가문이라고 대놓고 말하면 곤란하다.

나한테는 그럴 생각이 전혀 없지만, 파울로의 자식이 보레아스 집안이라는 뒷심을 얻어서 노토스 가문을 되찾으려 한다고 여겨질 가능성도 있다나 보다.

권력자란 그런 의심에 사로잡히길 좋아하니까.

최악의 경우 암살자를 보낼지도 모른다.

그러니까 숨겨야만 한다.

거기까지 이해했으면 이야기를 훔쳐 들은 내용으로 되돌려 보자.

루데우스는 본디 에리스 이상의 대접을 받아야 할 입장이지만, 고용인 같은 대접을 받는다.

그러니 귀족 중에서는 항례 중의 항례, 특별한 하루라고 할 수 있는 열 살 생일 파티도 대대적으로 할 수 없다.

가엾다. 실로 가엾다.

그래서 에리스가 오래간만에 할아버님인 사울로스에게 고집을 피워서 집안 식구들끼리 생일 파티를 개최하기로 결정했다는 모양이다.

저택 사람들끼리만 여는 조용한 홈 파티를.

나를 위해서 말이다.

눈물 나는 이야기잖아.


그렇기는 해도 위험했다.

지식으로는 알았지만, 내게는 열 살 생일이 특별하다는 의식
이 별로 없으니까.

하물며 내 상식에서 파티라고 하면, 지난 번 에리스의 생일 파
티처럼 대대적인 것이 아니라 홈 파티다.

가족들끼리 생일 축하를 한다고 해도 '아, 그렇습니까. 감사
합니다'라고밖에 대답하지 않았겠지.

이번 파티는 에리스가 기획했다.

동년배도 없었으니 이런 것이 처음이겠지.

내가 기뻐하지 않으면 그녀도 실망한다.

물 마술을 써서 우는 연습을 해둬야지.

나는 분위기를 읽을 줄 아는 남자니까.

당일.

나는 저택 안의 분위기가 이상한 것을 모르는 척하며 지냈다.

낮에 수업이 끝나고 한가해지자, 길레느가 내 방에 찾아왔다.

어쩐 일로 긴장한 기색으로 꼬리가 쭉 서 있었다.

"배, 배우고 싶은 마술이 있는데."

평소에는 먹잇감에서 절대로 떨어지지 않는 눈이 이리저리 움직였다.

아무래도 나를 이 방에 붙잡아두고 싶은 모양이었다.

오케이, 오케이, 그렇게 해 줄게.

"예, 어떤 걸?"

그렇게 묻자 미리 생각해 두었던 걸까.

그녀는 내 눈을 보고 진지한 목소리로 말했다.

"성급 마술이란 걸 보여줄 수 없을까?"

"괜찮긴 하지만, 시내에 피해가 날 텐데요?"

"음? 어떤 마술이지."

"수성급은 폭풍과 뇌우지요. 애 좀 써 보면 이 도시 자체를 수몰시킬 수 있어요."

"그거 대단하군…. 다음에 꼭 보고 싶다."

어쩐 일로 꽤나 띄워 주는군.

그런 작전인가.

어디, 조금 놀려 볼까.

"알았어요. 그렇게까지 말한다면 해 보죠. 두 시간 정도 말로 이동하면 범위 밖으로 나갈 수 있을 테니까 지금부터 갈까요."

길레느의 얼굴이 꿈틀 움직였다.

"두 시간?! 아, 아니, 잠깐. 지금 나갔다간 귀가가 늦어진다. 밤에는 마물이 나오기 쉽지. 평원이라도 위험하다."

"그런가요? 하지만 길레느가 있으면 괜찮잖아요? 수족은 소리에도 민감하니까 밤중이라도 경계가 느슨하지 않다고 말했지요."

"분명히 그렇지만 과신은 금물이다."

"그렇군요. 성급을 사용하면 마력을 제법 사용하니, 다음 휴일로 할까요."

"그, 그래. 음, 그러지."

적당한 선에서 끝냈다.

평소에는 무슨 일에도 움직이지 않는 길레느를 놀리는 건 꽤나 재미있었다.

동요하면 꼬리가 빳빳하게 움직인다.

내 언동 하나에 꼬리가 움직인다.

그것만으로도 왠지 행복한 기분이 들었다.

"아, 그러고 보면 차도 안 내와서 미안해요. 물 끓여 올게요."

"아니, 괜찮다. 움직이지 마라. 목은 마르지 않으니."

"그렇습니까."

뭐, 뜨거운 물이라면 내가 만들 수도 있지. 생각을 못 한 모양이니까 일부러 말하진 않겠지만.

좋아, 이런 걸 보면 내가 밖에 못 나가게 하려고 전력을 다하는 게 틀림없다.

살짝 성희롱이라도 해 볼까.

"그러고 보면 지금 제가 만드는 인형 말인데요."

그러면서 제작 중인 1/10 길레느를 선반에서 꺼냈다.

처음과 비교해서 꽤나 잘 만들어졌다는 자신이 있었다.

이 근육의 표현 같은 건 프로급이겠지.

길레느는 그걸 보더니 호오 소리를 흘렸다.

"이건 나인가? 제법 잘 만들어졌군. 전에 에리스 아가씨의 인형을 만들었을 때에도 잘 만들었다고 생각했지만…. 음? 꼬리가 달리지 않았군."

"아무래도 그쪽 지식이 애매해서 평소에는 상상으로 만들었는데요, 이번에는 잘 만들어졌으니까 최대한 진짜와 가깝게 만들어 볼까 해서요."

"흠."

길레느는 생각에 잠긴 듯이 꼬리를 흔들었다.

어떤 얼굴을 할지 기대되네.

"보여주실 수 있을까요? 꼬리 뿌리 부근을."

"별 거 아닌 부탁이군."

그렇게 말하고 길레느는 나를 향해 엉덩이를 보여주었다.

한순간의 망설임도 없었다.

내 눈앞에는 길레느의 근육으로 뒤덮인 엉덩이와 그 꼬리의 뿌리가 있었다.

대단해! 역시나 우리의 길레느다!

남자다워! 이거 못 이기겠다!

아니, 겁먹지 마. 아직이다. 모처럼 가드가 단단한 길레느에게 공공연하게 야한 짓을 할 수 있는 찬스잖아. 여기서부터가 진짜야.

"조, 조금 만져 봐도 될까요?"

"그래, 물론이다."

슬쩍 만져 보았다.

단단해!

어?!

잠깐만, 이거 엉덩이지?

엉덩이 맞지?

우와, 강철처럼 단단하다. 하지만 뭐라고 할까, 유연성이 느껴진다.

뭐라고 할까, 이상적?

동경하던 근육입니다. 남자라면 누구든지 한 번은 동경하는 근육입니다.

속근과 지근, 양쪽의 성질을 겸비한 핑크색 근육입니다!

여기서 에로함을 느끼기란 어렵겠네요.

머슬 님은 에로신 님과 대극에 존재하는 감사한 존재입니다.

감사합니다, 감사합니다. 제게도 근육을 내려주소서….

"이제 됐습니다."

기가 꺾인 기분으로 길레느의 엉덩이에서 손을 뗐다.

실레느는 다시 바지를 입고 이쪽을 돌아보았다.

"화가가 에리스 아가씨의 초상화를 그리는 모습을 보고, 나도 지금의 내 모습을 남기고 싶다고 생각했다. 완성이 기대되는군."

순수하게 기쁘다는 얼굴이었다.

패배한 기분이다.

남자로서 남자다움으로.

나는 길레느의 남자다움에 이길 수 없는 걸까….

"…슬슬 저녁식사 시간이네요."

"흐, 흠. 아직 좀 남지 않았나?"

마지막으로 꼬리를 한 차례 움찔거렸을 때 메이드가 부르러
왔다.

"좋아, 루데우스. 식사 시간이다, 가자."

길레느가 나를 재촉하듯이 일어섰다.

파티가 시작되는 모양이다.

식당에 들어간 순간 박수가 일었다.

저택에서 한 번씩은 본 적 있는 사람들이 우르르 모여 있었다.
물론 사울로스나 필립, 어기간헤시는 모습을 모이지 않는 힐다
도 있었다.

파티장은 평소에 식당으로 사용하던 곳이었다.

하지만 거기를 아름답게 꾸미고 평소에는 못 보는 화려한 요
리를 차려 놓았다.

요리도 장식도 에리스의 생일 때만큼은 아니었다.

하지만 그녀 때와는 달리 괜한 허영이 느껴지지 않았다. 따스
한 공간이 만들어졌다.

나는 자못 아무것도 모르겠다는 얼굴로 주위를 둘러보았다.

"이, 이건…?"

뒤를 돌아보자 길레느도 박수를 치고 있었다.

"어? 어?"

허둥거리는 연기.

"루데우스! 생일 축하해!"

새빨간 드레스를 입은 에리스가 커다란 꽃다발을 들고 있었다.

허둥대는 표정인 채로 그것을 받았다.

"아, 그래. 난 오늘로 열 살인가…."

이제야 깨달았다는 듯이 미리 연습해 둔 대사를 말했다.

그리고 연습한 대로 얼굴을 잔뜩 일그러뜨리며 소매로 눈가를 가렸다.

그와 동시에 물 마술로 눈에서 눈물을 만들어냈다.

잠시 뒤에 콧속이 찡해지고 코가 막혔다.

"미, 미안해. 나, 난, 이런, 이런 거… 처음이라, 여기에 와서… 실패하면 안 된다고 생각했고, 환영받지 못한다고… 실패하면, 아, 아버님에게 폐를 끼친다고… 추, 축하받을 거라곤… 새, 생각 못 해서… 그만… 훌쩍…."

소매 틈새로 슬쩍 보니 에리스가 기막혀하는 얼굴이 보였다.

필립이나 사울로스, 저택 사람들도 박수치던 손을 멈추고 입을 벌리고 있었다.

이런. 연기가 너무 뻔했나…?

아니, 아니다.

반대다. 연기가 너무 훌륭했나.

실수했다. 그냥 적당히 하면 좋았을 것을.

하아. 이런 생각을 하다니, 나도 재수 없는 어른이 되었군….

뭐, 됐어.

초지일관. 이대로 가자.

에리스가 허둥거리며 집사에게 '어쩌지? 어쩌지?'라며 물었다.

내가 좀 우는 게 그렇게 대사건인가.

귀여워서 안아 주었다.

그리고 콧소리로 귓가에 속삭이듯이 말했다.

"에리스, 고마워…."

"돼, 됐어! 루데우스는, 가, 가족이니까! 당연해! 그, 그레이랫 가문으로서 이 정도는! 그렇죠, 아버님! 할아버님!"

평소의 에리스라면 '감사하도록 해!'라고 한 마디 했을 텐데, 뭘 어떻게 해야 좋을지 모르겠다는 듯이 필립에게 동의를 구했다.

그러자 사울로스가 소리쳤다.

"저, 전쟁이다! 노토스 놈들과 전쟁이다! 필레몬을 죽이고 루데우스를 당주로 앉히는 거다! 필리이입! 알포오온스! 길레느으으! 내 뒤를 따라라! 일단은 병사를 모은다!"

이렇게 보레아스 그레이랫 가문과 노토스 그레이랫 가문의 전쟁은 막을 열었다.

피로 피를 씻는 전쟁은 나머지 두 그레이랫 가문도 끌어들이고 아슬라 왕국을 긴 내전의 역사에 가라앉혔다.

…라는 일은 물론 없었고.

"아, 아버님, 진정! 진정하세요!"

"필리이이입! 방해하지 마라! 네놈도! 그런 쓰레기 따위보단 루데우스가 당주가 되는 편이 좋다고 생각하지 않느냐!"

"생각합니다만 진정하세요! 오늘은 경사스러운 날이니까! 그리고 전쟁은 안 됩니다. 제피로스와 에우로스도 적으로 돌리게 됩니다!"

"멍청하긴! 나 혼자서라도 이기는 걸 보여주마! 놔라, 놓으란 말이다!"

사울로스는 그대로 필립에게 붙들려서 퇴실했다.

방을 나가도 한동안 목소리가 들려왔다.

한숨.

"어, 어흠."

에리스가 헛기침을 한 차례.

"하, 할아버님은 무시하고…. 오늘은 루데우스가 깜짝 놀랄 걸 준비했어!"

에리스는 새빨간 얼굴을 한 채로 떠억 가슴을 폈다.

최근 좀 커져서 브래지어를 하게 되었다는 귀여운 가슴이다.

지금은 아직 귀엽지만, 장래에는 꽤나 건방지게 자란다고 선인은 말씀하셨다.

고맙습니다, 선인.

"깜짝 놀랄 것입니까?"

"뭘 거 같아?!"

깜짝 놀랄 것.

뭘까? 내가 놀랄 만한 것.

컴퓨터와 야겜? 아니지.

에리스가 생각할 만한 것.

내 경우. 가족과 떨어져서 몇 년 동안 혼자. 외롭겠지.

그런 가운데에서 생일.

에리스가 나였다면 어떤 선물에 기뻐할까?

길레느나 할아버님이 와서 축하해 주는 거겠지.

그걸 내 경우에 맞춰보면.

"설마 아버님이 여기에…?"

그렇게 말하자 에리스의 얼굴이 흐려졌다.

에리스만이 아니다. 메이드나 집사도 아쉬운 듯한 얼굴로 변했다.

틀렸나,

"파, 파울로… 아저씨는, 최근, 숲에 마물이 활성화되어서 못 오신다고… 하, 하지만 루데우스라면 딱히 자기가 없어도 괜찮을 거라고… 제니스 아주머니도, 아이가 갑자기 열이 났다면서."

에리스는 더듬거리면서 대답했다.

아, 일단 부르긴 했구나.

뭐, 어쩔 수 없겠지. 파울로는 그 마을에서 사람들이 의지하는 존재고, 동생들이 아프다면 리랴에게 맡겨만 둘 수도 없다.

오래간만에 얼굴을 보게 되나 싶었는데 어쩔 수 없지.

"어, 어어, 저기, 루데우스, 저기…."

에리스가 또 더듬거리기 시작했다.

평소에는 기가 센 고양이가 허둥대는 것 같아서 귀엽구나.

안심해. 파울로는 오히려 이런 자리에 없는 편이 낫거든요.

"그런가요, 아버님도 어머님도 못 오셨나요…."

신경 쓰지 않는 척하면서 그렇게 말했지만, 눈물이 난 탓에 코 막힌 목소리가 되었다.

꽤나 낙담한 모습이었겠지.

메이드들 사이에서도 코를 훌쩍이는 사람이 나왔다.

실수했다…. 이런 분위기로 만들 생각은 아니었다.

미안, 역시 난 전혀 분위기를 못 읽어….

그렇게 생각하는데 갑자기 힐다가 달려와서 나를 껴안았다.

그 바람에 꽃다발을 떨어뜨렸다.

"우왓."

힐다와는 거의 이야기한 적이 없었다.

그녀는 에리스와 마찬가지로 빨간 머리를 가졌고, 더the 미망인이란 느낌의 색기를 띤 묘령의 미녀다. 젊은 마님이라든가 미망인이 들어가는 제목의 야겜에 나올 것만 같은 사람이다. 물론 필립이 살아 있는 한 미망인은 아니지만.

말하자면 이 사람… 아니, 가슴이 커!

혹시 에리스도 성장하면 이 레벨?!

"괜찮아, 루데우스, 안심해도 좋아. 너는 이미 우리 집 아이야!"

나를 꼭 껴안으면서 힐다는 소리치듯이 말했다.

어라? 이 사람, 나를 싫어하는 거 아니었나?

"아무도 뭐라고 못 하게 할게! 양자… 아니, 에리스랑 결혼해! 그래! 좋은 생각이야! 그렇게 하렴!"

"어, 어머님?!"

힐다가 갑자기 흥분하여 떠들었다.

결혼이라니.

아무리 에리스라도 깜짝 놀랐다.

"에리스! 넌 우리 루데우스가 어디가 불만이니!"

"루데우스는 아직 열 살이야!"

"나이 따윈 관계없어! 너는 변명만 하지 말고 좀 더 여자답게 가꿔야지!"

"하고 있어!"

폭주하는 힐다. 받아치는 에리스.

며느리라고는 해도, 역시 이 사람도 그레이랫 가문 사람인가.

사울로스와 비슷한 느낌이 들었다.

"자, 자, 또 다음 기회에!"

"꺄악! 당신! 뭐예요! 놔요! 가엾은 저 아이를 내가 구하지 않으면!"

사울로스를 데려다 놓고 돌아온 필립이 깔끔하게 힐다를 퇴장시켰다.

필립은 전원이 혼란에 빠진 가운데에서도 유일하게 얼음 같은 냉정함으로 상황을 지켜보았다.

쿨하다. 대마도사다. 든든한 남자다. 그야말로 세련되게 일을 처리한다.

어디, 분위기 좀 다잡고.

"그래서 깜짝 놀랄 만한 선물이라는 게 뭔가요?"

꽃다발을 다시 주워들고 그렇게 물었다.

그러자 에리스는 팔짱을 끼고 가슴을 떡 펴고 턱을 쳐드는, 여느 때의 포즈.

이 포즈도 오래간만에 보는구나 싶었다.

"흐흐흥! 알폰스! 그걸 가져와!"

그러면서 에리스는 손가락을 딱 튕기려고 했지만, 제대로 된 소리는 나지 않았다.

에리스의 얼굴이 새빨개졌지만, 알폰스는 내색하지 않고 내시야 밖인 조각상 그늘에서 지팡이 하나를 꺼냈다.

지팡이.

록시가 가지고 있던 것과 비슷한 마술사의 지팡이였다.

옹이진 나무 스탭. 끝에 값나가 보이는 마석이 붙어 있었다.

나는 한눈에 알았다.

이 지팡이는 비싸다.

나도 완드를 두 개 만들어 봤으니까 안다.

지팡이의 랭크는 그 소재인 목재와 끝에 달린 마석으로 결정된다.

목재 쪽은 각종 계통의 상성과 관계가 있다.

불, 흙 계통과 상성이 좋은 흑단. 물, 바람 계통과 상성이 좋은 홰나무가 일반적이다.

물론 상성이 나쁘다고 위력이 감소하는 건 아니라서 소재는 뭐든지 좋다.

중요한 건 마석이다.

마력을 마석에 넣는 것만으로 마술의 위력이 증폭된다.

마석은 정말이지 별의별 종류가 다 있지만, 투명도가 보다 높고 큰 것일수록 효과가 커진다.

효과와 함께 가격도 치솟는다. 그것도 천문학적으로.

내가 에리스와 길레느에게 만들어 준 완드에 사용한 마석은 한 알에 은화 한 닢.

더 싼 것도 있었지만, 록시에게 받은 지팡이에 달렸던 마석의 크기를 생각하며 그 사이즈로 했다.

그것은 새끼손가락 한 마디 정도 크기였다.

이 주먹만 한 크기의 마석이라면 금화 100닢은 가볍게 넘겠지.

하물며 이 마석은 군청색의 물 마석이다.

색깔이 들어간 마석은 그에 대응한 계통이 대폭 강화된다.

그리고 가격도 이하 생략.

이거 하나에 대체 얼마나 할까….

참고로 미궁에서 입수하는 마력결정도 마석의 일종이지만, 마석과 달리 마력을 증폭시키는 효과는 없다. 대신 마력을 내포

하기 때문에 지팡이가 아닌 마도구나 마력 소비가 큰 마술에 사용된다.

"마음에 든 모양이네!"

내가 지팡이를 지켜보고 있자 에리스가 만족한 얼굴로 끄덕였다.

"알폰스, 설명!"

"예, 아가씨. 지팡이의 소재는 미리스 대륙, 대삼림 동부에 생식하는 엘더 투렌트의 팔을 이용하였습니다. 박학하신 루데우스 님은 아시리라 생각합니다만, 엘더 투렌트는 레서 투렌트가 요정의 샘에서 양분을 빨아들여서 태어난다고 일컬어지는 상위 아종으로, 물 마술을 다루는 A급 마물입니다. 마석은 베가리트 대륙 북부, 떠돌이 해룡에게서 나온, 이것 또한 A랭크의 물건. 제작자는 아슬라 왕국 궁정마술사단에서 손꼽히는 지팡이 제작자, 체인 프로키온."

알폰스의 물 흐르는 듯한 설명.

대단해. 설명에 따르면 이건 물 마술 특화잖아.

하지만 비싸지 않아?

"그럼 아가씨께서 직접 건네주십시오."

지팡이가 에리스에게 넘어가고, 에리스의 손에게 내게로 전달되었다.

이 경우 가격은 신경 쓰지 않는다. 에리스에게는 낭비해선 안 된다고 가르쳤지만, 오늘 정도는 괜찮겠지. 아무래도 나를 위해 특별히 주문 제작한 모양이니까 거부했다간 분위기가 깨진다.

돈이란 건 이럴 때를 위해 쓰는 것이다.

"이름은 '아쿠아 하티아(교만한 수룡왕)'."

지팡이를 받으려던 손이 순간 멎었다.

지금 왠지 중2틱한 뭔가가 들렸는데?

"받아! 이건 그레이랫 가문의 선물이야! 아버님과 할아버님이 부탁해서 마련하셨어! 루데우스는 훌륭한 마술사인데 지팡이가 없는 건 이상하잖아!"

에리스의 목소리에 정신을 차려서 '아쿠아 하티아'를 받았다.

겉보기와는 달리 꽤나 가벼웠다.

두 손으로 들고서 이리저리 움직여 보았다. 움직이기 편했다.

마석이 큰 것치고 중심이 잘 잡혀 있었다.

역시나 비싼 물건답다.

이름은 좀 그렇지만.

"고맙습니다. 파티만이 아니라 이렇게 비싼 것까지…"

"가격 같은 건 아무래도 좋아! 자, 얼른 파티를 재개하자! 모처럼의 요리가 식어 버리겠어!"

에리스는 기분 좋은 듯이 나를 끌고서 거대한 케이크가 눈앞에 준비된 파티의 상석으로 안내해 주었다.

"나도 도왔어!"

에리스가 처음으로 만들었다는 요리는 맛이 지독했지만, 그래도 맛있었다.

파티가 시작되자 에리스는 한동안 머신건처럼 떠들었다.

이 요리는 어떻다, 지팡이를 사는 데에 어땠다.

나는 맞장구를 치면서 들었지만, 에리스는 중간부터 지쳤는지 점차 말이 없어지다가 차츰 눈을 껌뻑거리고, 결국에는 꾸벅꾸벅 졸기 시작했다.

너무 신나게 떠들었던 걸까, 아니면 긴장의 끈이 끊어졌을까….

길레느가 안아들고 침실로 데려갔다.

수고하십니다.

사울로스와 힐다도 도중에 돌아왔다.

사울로스는 내게 술을 먹이려다가 필립의 제지를 받아 한동안 투덜거렸지만, 힐다가 주는 술을 받아 마시다가 최종적으로 만취. 시뻘건 얼굴에 미소를 띠며 기분 좋게 자기 방으로 돌아갔다.

그와 동시에 힐다도 마지막에 내게 굿나잇 키스를 하고 자기 방으로 돌아갔다.

요리도 거의 다 먹었고, 메이드들도 다소 졸린 얼굴로 빈 접시를 치웠다.

필립과 나만 남았다.


단둘만 남은 뒤에 필립은 잠시 동안 말없이 술을 마셨다.

와인일까.

에리스의 생일 때 안 건데, 아슬라 왕국에는 지역에 따라 마시는 술이 다르다.

이 근처에선 보리로 만드는 술이 많지만, 경사스러운 일에는 포도주가 준비된다.

그는 파티 동안 별로 말이 없었다.

사울로스나 힐다를 진정시키긴 했지만, 부드러운 얼굴로 우리를 바라볼 뿐이었다.

그런 그가 나와 단둘이 되었을 때 조용히 말을 꺼냈다.

"나는 계승권 다툼에서 패해서 말이지. 지금은 에리스밖에 자식이 없다."

뭔가 진지한 이야기를 하려는 모양이었다.

나는 자세를 바로하고 필립 쪽을 똑바로 바라보았다.

"너는 왜 에리스에게 형제자매가 없는지 궁금하지 않았나?"

"조금은."

나는 조용히 끄덕였다.

궁금하긴 했지만 결국 묻지 않았다.

"사실은 없는 것도 아니야. 에리스에게는 오빠와 남동생이 한 명씩 있지. 동생은 너와 동갑일까?"

"계승권 다툼에 휘말려 들어서… 죽었습니까?"

그러자 필립은 놀란 얼굴로 이쪽을 바라보았다.

나도 모르게 단도직입적으로 물었다.

이런 실례가.

"설마. 죽진 않았어. 태어난 직후에 왕도에 사는 형에게 빼앗겼지."

"빼앗겼다? 무슨 의미입니까?"

"표면적으로는 왕도에서 교육을 받게 하기 위한 양자. 하지만 사실은 그냥… 전통일까."

그 뒤로 필립은 보레아스 가문의 전통에 대해 이야기해 주었다.

보레아스 가문의 계승권 다툼, 거기에 얽힌 전통을.


사울로스에게는 자식이 열 명 있었다.

그중에서도 특히나 우수했던 것은 세 명.

필립.

고든.

그리고 제임스였다.

기관차 같은 이름이다.

사울로스는 세 명 중 누구를 차기 당주로 앉힐지 결정하기 위해 서로 싸우게 했다.

결론부터 말하자면 차기 당주로는 제임스가 뽑혔다.

필립과 고든은 패배했다.

권력 투쟁의 전반.

일단 제임스는 비밀리에 고든을 에우로스 그레이랫 집안의 영애와 만나게 했다.

서로의 신분을 모르도록 획책해서 사랑에 불타게 했다.

고든은 사랑에 얽매인 끝에, 결국에는 제임스의 인도에 따라

전격적으로 데릴사위로 들어갔다.

보레아스의 당주가 될 길이 끊겼다.

권력 투쟁의 후반.

필립과 제임스의 상황은 박빙이었다.

서로 뒤에서 실을 조종하여 모든 사람을 사용하며 계속 싸웠다.

거기에 극적인 뭔가가 있었던 건 아니었다.

다만 필립은 패배했다.

가진 힘의 차이라고 하자면 끝날 이야기이기도 하겠지.

제임스는 필립보다 여섯 살 정도 연상이고, 왕도에서도 인맥이 넓고 대신의 보좌로 일하고 있었다. 인맥도 있고 돈도 있고, 무엇보다도 권력을 손에 넣었다.

필립도 우수했지만, 6년의 차이는 아무래도 메우기 어려웠다.

제임스는 보레아스의 당주가 된 뒤에 필립에게 피트아령 로아 시의 시장 일을 맡겼다.

당시 필립은 완전히 포기한 게 아니라 재기를 꾀하려 했지만, 피트아령은 촌구석이라서 힘을 비축하기 어려웠다.

제임스는 왕도를 벗어나지 않아서, 필립이 악전고투하는 동안에 대신으로서 반석의 지위를 쌓아가며 결정적인 차이를 벌렸다.

그 뒤 제임스는 필립에게 아들이 태어나면 양자라는 이름으로 데려갔다고 했다.

"아들을 모두 데려가다니 횡포 아닙니까?"

"그건 괜찮아. 전통이고."

보레아스 그레이랫 가문에서 아들이 태어나면 모두 차기 당주의 집에서 양육한다.

이것은 권력 투쟁에서 패한 자를 다음 권력 투쟁에 참가시키지 않기 위한 조치다.

아들을 옹립한 권력 투쟁.

흔한 이야기고 아슬라 왕국에서도 과거에 자주 일어났다는 모양이다.

아들을 데려가는 것은 그걸 막기 위한 조치다.

고든이 데릴사위로 들어간 에우로스 가문에서는 또 전통이 다른 모양이지만, 필립은 전통에 입각하여 아들을 모두 제임스에게 보냈다.

철이 들기 전부터 제임스를 아버지로 인식할 수 있도록.

"내가 이겼으면 입장은 반대였겠고."

필립은 납득한 기색이었다.

그 자신도 사울로스의 친아들이 아닐지도 모른다.

하지만 아내인 힐다는 그렇지 않았다.

필립에게 **내려진** 그녀는 극히 평범한 귀족집 딸이었다.

갓 태어난 자식을 빼앗겨서 속으로는 편치 않았던 모양이다.

그녀는 장남을 빼앗긴 뒤로 한동안 불안정해졌다.

에리스가 태어나면서 안정을 되찾았지만, 에리스의 남동생을 빼앗기는 바람에 또 불안정해졌다고 한다.

"아내는 너를 싫어했지. 자기 아들은 여기에 없는데 왜 다른 집 아이가 제 집인 양 저택을 오가냐면서."

날 싫어하는 건 왠지 모르게 느끼고 있었는데.

그래, 그런 이유가 있었나.

"더군다나 저택에 남은 에리스는 숙녀와는 정반대인 말괄량이야. 만사 끝장이라고 생각했지."

"만사 끝장이라니요?"

"딸을 이용하여 제임스를 실각시키는 것도 어렵다는 소리야."

실각이라니….

아, 이 사람은 아직 보레아스 가문의 당주가 될 생각을 버리지 않았나.

"하지만 최근 너를 보니 조금 희망이 생기기 시작했어."

"…하아."

"너는 힐다나 아버지를 속일 정도로 연기를 할 수 있지."

필립은 아무래도 내 연기를 알아차린 모양이었다.

하지만 속이다니 별로 듣기 안 좋은 말이다. 분위기가 나빠지지 않도록 행동했을 뿐이다.

"돈이 중요하다는 것도 알고, 사교적인 행동도 할 줄 알지. 남의 마음을 얻기 위해서 자기 몸을 던지는 것도 개의치 않아."

자기 몸을 던진다는 말은 과거의 유괴소동을 말하는 걸까.

아니면 몇 년 전에 에리스에게 계속 얻어맞았던 걸 말하는 걸까.

"그리고 무엇보다도 네 덕분에 에리스가 저렇게 성장했지. 이건 뜻밖의 일이야."

필립은 그렇게 말했다.

파울로에게 우수하다는 말은 들었지만, 어려서부터 메이드의 스커트를 들추는 걸 삶의 보람으로 여기는 듯한 남자의 아들, 기껏해야 좀 괜찮은 악동이겠지. 우리 집 악동과 충돌시키면 혹시 재미있는 화학반응이 일어날지도 모른다.

그 정도의 인식이었던 모양이다.

"파울로가 울며 애원하던 날이 그립군."

필립은 그렇게 말하며 웃었다.

듣자하니 파울로는 결혼한 뒤에 정착할 돈과 주거지와 안정된 일이 필요하지만 상급귀족으로는 돌아가고 싶지 않다고 필립에게 사정했던 모양이다.

파울로는 나를 위해서 엎드려 빌기까지 했다는 모양이다.

리랴 때는 하지 않았는데….

뭐, 그건 좋다.

"에리스는 제가 없어도 어떻게든 되지 않았을까요?"

"어떻게든? 그럴 리가 없지. 나도 에리스를 절망적으로 보고 있었어. 이래선 도저히 귀족으로서 무리니까 장래에 모험가가 되라고 길레느에게 검술을 배우게 했을 정도로."

그렇게 말하며 필립은 에리스의 에피소드를 몇 가지 들려주었다.

가만히 듣기 힘들 정도의 에피소드들이었다.

에리스란 이름의 장난꾸러기 대장은 아홉 살 때 이미 완성되었다.

"어때. 에리스와 결혼해서 함께 보레아스 가문을 빼앗지 않겠어? 뭣하면 지금이라도 네 침대에 두 팔을 묶은 딸을 데려다놓지."

그건 매력적….

저 에리스를 꽁꽁 묶어 놓고 마음대로 할 수 있다니.

최근 성욕이 들끓는 걸 느끼기도 했고, 최고의 시추에이션이라서 버리려야 도저히 버릴 만한 게 아니었다.

아니, 잠깐, 잠깐. 그 앞에 했던 말을 잘 떠올려봐.

보레아스 가문을 빼앗는다고?

"열 살짜리 애한테 뭘 시키려는 겁니까…."

"너도 파울로의 아들이잖아?"

"그쪽이 아니라."

"빼앗는 건 내가 하지. 너는 그저 앉아 있으면 돼. 뭣하면 다른 여자도 붙여 주마."

여자를 주면 시키는 대로 얌전히 따를 거라고 생각했나.

파울로의 악명이 밉다.

"…술자리에서 하신 이야기로 해 두겠습니다."

그렇게 말하자 필립은 조용히 웃었다.

"그래, 그게 좋아. 하지만 보레아스 운운은 넘어가더라도 에리스라면 마음대로 해도 되는데? 딸에게는 아무런 책임도 없고, 어차피 시집을 보내도 돌아올 테니까. 네가 데려간다면 그게 제일이겠지."

필립은 조용히 웃었다.

시집을 보내면 며칠 내로 남편을 때려 죽이는 에리스.

간단히 상상이 갔다.

그리고 손을 댔다간 끝장, 필립의 손바닥 위에서 춤추게 될 내 모습도.

"그럼 슬슬 잘까."

"예, 안녕히 주무세요."

이렇게 에리스가 주최한 생일 파티가 끝났다.

방에 돌아가자 잠든 줄 알았던 에리스가 침대에 앉아 있었다.

"아, 어, 어서 와…."

빨간색 네글리제 차림이었다.

왠지 에로틱하다.

여태까지 그런 차림을 한 적은 없었을 텐데.

왠지 어른 흉내가 좀 지나친 것 아닐까.

그보다 잠든 거 아니었어?

"이런 시간에 어쩐 일입니까?"

그렇게 말하자 에리스는 새빨간 얼굴을 하면서 고개를 돌렸다.

"루, 루데우스도 혼자서 외로울 테니까 오늘은 같이 자 줄게…."

아무래도 아까 파티에서 부모님이 안 온다고 말한 게 마음에 걸린 모양이다.

에리스는 열두 살이나 되었어도 가족과 딱 달라붙어 지내니까.

3년이나 못 만났다는 걸 생각하니 도저히 가만히 있기 어려운 기분이 들었을지도 모른다.

아니, 의외로 힐다나 누군가의 책략일지도 모른다.

깨워선 네글리제로 갈아입히고 여기로 보낸 것이다.

"……."

하지만 이렇게 보니….

에리스를 뚫어지게 바라보았다.

아직 여자답다고 할 수 없는 몸이지만, 그래도 확실히 여자란 느낌이 들었다. 검술을 배운 탓인지 손발은 날씬하고, 여자치고 키가 커서 그런지 아니면 네글리제 같은 걸 입어서 그런지 평소보다 훨씬 어른스러워 보였다.

에리스도 이제 열두 살이다. 내 스트라이크존에 들어간다. 바깥쪽에 살짝 걸칠 정도지만.

내 몸은 아직 어리다. 아직 남자가 되었다고 할 수 없다.

하지만 머지않았겠지.

츠데레 로리 아가씨의 처유으로 처음의 처음을 맞는다….

그런 캐치프레이즈를 떠올린 순간 내 머릿속을 순식간에 34세, 주소 없는 무직(다소 로리콤 기미)이 지배했다. 여드름투성이 얼굴에 기분 나쁜 미소를 흘리며 에리스를 덮치는 환상이 보였다.

순식간에 정신이 들었다.

안 돼, 안 돼. 손을 대면 안 돼. 필립의 손바닥 위에서 춤추게 된다.

파울로가 도망치고 필립이 패배하는, 험한 권력 투쟁에 발을 넣게 된다.

그렇게 득 될 것도 별로 없는 곳에 발을 디디고 싶진 않았다.

여기선 정중하게 물러나 달라고 부탁하자.

"오, 오늘은 마음이 외로우니까, 야한 짓을 할지도 모르는데요?"

에리스는 평소부터 내 성희롱을 싫어했으니까 이렇게 하면 물러나겠지.

그렇게 생각하며 한 말이었는데, 의외의 대답이 돌아왔다.

"조, 조금 정도라면, 꽤, 괜찮아!"

진짭니까?!

오, 오늘은 꽤나 세게 나오시네요, 에리스 양.

아, 아저씨는, 그런 말을 들으면, 차, 참을 수 없게 되는데.

어쩐다….

그, 그럼 고맙게 조금만.

"……."

에리스의 곁에 앉았다.

침대에서 끼익 하고 작은 소리가 났다. 혹시 생전의 나였다면 끼기긱 하고 엄청난 소리를 내며 무드를 날려먹었겠지.

이미 머릿속에선 어려운 생각을 하지 않았다.

손바닥 위에서 춤추게 된다고?

좋잖아. 땍땍대던 3년 전의 에리스가 이 정도가 되었다. 차려진 밥상을 못 찾아 먹으면 남자의 뭐라고 하잖아.

다소의 리스크는 감수하고 받아들여야 하겠지?

"목소리가 떨리는데요?"

"기, 기분 탓이야."

"정말인가요?"

에리스의 머리를 쓰다듬었다.

살랑거리는 머리칼. 상급 귀족이라고 해도 이 저택에는 목욕탕이 없다.

그러니까 매일 머리를 감는 것은 아니다.

매일 밖에서 검술 수행으로 날을 지새우는 에리스의 머리칼은 평소에 조금 퍼석거렸다.

오늘은 나를 위해 준비하고 꾸민 것이다. 나를 위해서.

"에리스는 귀여워."

"뭐, 뭐야, 갑자기⋯."

에리스는 귀까지 새빨개져서 고개 숙였다.

어깨를 껴안고 뺨에 가볍게 키스해 보았다.

"하웃⋯!"

에리스는 몸을 굳혔지만 도망치려고는 하지 않았다.

아, 이거 정말로 오케이구나.

"만질게."

나는 참다 못 해 에리스의 가슴으로 손을 뻗었다.

아직 작지만 자라기 시작한 가슴.

하지만 분명히 이건 가슴이다.

만져도 된다는 허락을 받은 과실이다.

평소처럼 조심조심, 맞을 걸 각오하고 만지는 게 아니다.

옷 너머지만 나는 분명히 지금 이 로리 소녀의 가슴을 마음대로 만졌다.

"으응…."

에리스라고 느끼는 건 아니겠지.

하지만 부끄러운 짓을 한다는 건 깨닫고 있다. 알고 있다. 주저와 부끄러움을 참으며 울상을 하고 입을 다물면서 나를 바라보았다.

귀엽다.

슬슬 등을 만져 보았다.

검술 연습 덕분에 에리스의 등에는 질 좋은 근육이 붙어 있었다.

길레느 정도는 아니었다.

하지만 딱 좋게 아이답고 부드러운 근육이었다.

에리스가 눈을 꼭 감고 매달리듯이 어깨를 붙잡아왔다.

혹시 이거 오케이입니까?

오케이로군요?

마지막까지 갑니다?

괜찮지요?

조, 좋아. 자, 잘 먹겠습니다.

"……."

에리스의 다리 사이로 손을 뻗었다.

처음으로 만지는 여자의 허벅지 안쪽.

따뜻하고 부드러울 뿐만 아니라 확실히 살집이 있었다.

"꺄아악!"

퍽 하고 떠밀렸다.

짝 하고 뺨을 얻어맞았다.

쿵 하고 걷어차여서 바닥에 굴러떨어졌다.

딱 하고 추격타가 들어왔다.

따악 하고 추격타가 또 들어왔다.

나는 당황스러워서 아무것도 못 한 채 죄다 무방비하게 맞았다.

드러누워 나뒹구는 채로 올려다보았다.

에리스는 일어서서 새빨간 얼굴로 날 노려보았다.

"조금이라고 했잖아! 루데우스 바보!"

그대로 문을 박차듯이 열어젖히고 바람처럼 나가 버렸다.

나는 그대로 멍하니 천장을 바라보았다.

뭔가에 조종당한 것처럼 열기를 띠던 머리는 이미 완전히 식었다.

"이러니까 동정은…"

자기혐오.

완전히 잘못 읽었다. 폭주했다.

중간부터 상대가 어린애라는 사실을 잊어 버렸다.

스스로를 잊어 버렸다.

"으으, 제길, 무슨 짓을 한 거람…."

야겜을 너무 많이 해서 히로인의 마음을 다 안다고 생각했나.

분명히 예전에는 둔감남 주인공을 보고 얼른 덮치면 해결이라고 무책임하게 생각했다.

그 결과가 이거다.

플레이어의 시점이라면 히로인의 독백을 볼 수도 있다.

하지만 주인공의 시점에서는 그런 걸 알 수 없다.

세상의 둔감남 주인공은 십중팔구, 자기를 좋아한다고 확신하면서도 이런 일이 일어날 수 있으니까 모르는 척하면서 조금씩 거리를 좁히는 것이다.

그들과 비교해서 나는 얼마나 속이 뻔한가.

안 그래도 필립과 그런 대화를 나눈 직후다.

뭐가 술자리의 이야기로 해두자는 걸까.

말과 행동이 정반대 아닌가.

에리스를 안으면 어떻게 된다는 것 정도는 알고 있었지 않은가.

안는다, 아이가 생긴다, 결혼한다.

화려한 콤보로 멋지게 보레아스 가문에 들어간다.

아니면 임신 후에 더러운 권력 다툼은 싫다고 하면서 도망칠까?

책임을 지지 않을 생각이었나?

하룻밤만의 관계라면서 내뺄 생각이었나?

멍청하긴. 매일 밤 원숭이처럼 에리스를 찾아다닐 게 뻔하다. 생전에는 그렇게 성욕이 강한 편이었고, 이쪽의 몸도 파울로의 사례를 볼 것도 없이 성욕이 강하다.

한 번으로 참을 수 있을 리가 없다. 오늘은 저쪽에서 왔지만, 다음부터는 내가 찾아가겠지.

필립도 힐다도 그걸 원하고 있다.

아무도 막는 사람이 없다.

그리고 나는 한때의 쾌락을 미끼로 더러운 권력 투쟁에 빠지게 된다.

"아."

문득 방구석에 세워 두었던 지팡이가 보였다.

"……!"

그래.

에리스의 마음도 잊고 있었다.

돈을 낸 건 필립과 사울로스지만, 내가 기뻐하는 모습을 위해 파티를 기획하고 '지팡이를 선물한다'는 생각을 한 것은 에리스겠지.

그리고 파티에서 나온 말을 마음에 두고 자기 전에 날 위로하려고 와 주었다.

오늘 그녀는 계속 나를 생각했다.

그런데도 나는 내 욕망대로 그녀를 유린하려고 했다. 순수하게 인간으로서 나를 생각해 준 아이를 마음대로 농락하려고 했다.

메이드와 이야기하며 기뻐하던 에리스의 얼굴을 떠올려라.

나는 그걸 짓밟으려고 한 거다.

"……하아."

나는 쓰레기다.

파울로를 뭐라고 할 자격 따윈 없다. 누군가에게 뭔가를 가르칠 자격도 없다.

쓰레기는 이세계에 와도 역시 그대로 쓰레기였다.

내일이라도 짐을 꾸려서 나가자.

쓰레기답게, 쓰레기처럼 길가에서 죽어 버리자.

"아!"

어느 틈에 방 입구에 에리스가 있었다.

얼굴을 반만 내밀고 엿보며 서 있었다.

나는 황급히 몸을 일으켜서 일어서다가… 아니, 이대로 엎드리자!

"아, 아까는 잘못했습니다."

거북이처럼 엎드려 빌었다.

"……"

힐끗 보았다.

에리스는 시선을 이리저리 돌렸다.

다리를 배배 꼬듯이 머뭇거리더니 조용히 중얼거리며 말했다.

"오, 오늘은 특별한 날이니까, 특별히, 용서해 줄게…!"

요, 용서받았다!

"루데우스가, 야한 생각만 하는 건, 알고 있었고."

누구야, 그런 걸 가르친 게!

아니, 그렇긴 하지만.

죄송합니다, 접니다. 제가 엉큼한 생각만 하는 놈입니다.

제가 잘못했습니다. 경찰 아저씨, 이쪽입니다. 접니다.

"하, 하지만, 이런 건 아직 이르니까… 5년! 앞으로 5년 기다려서 루데우스가 성인이 되면, 그때는… 으음… 그, 그때까지 참아!"

"하하…!"

엎드렸다.

"그, 그럼, 난 이제 잘 거니까, 루데우스. 잘 자, 내일부터 또 잘 부탁해."

에리스는 허둥거리다가 진짜로 돌아갔다.

뛰어가는 발소리가 멀어지는 게 들렸다.

그게 완전히 들리지 않게 될 때까지 기다려서 나는 문을 닫았다,

"휴우우우우~~~~."

문에 몸을 기대어 주르륵 주저앉았다.

"살았다~~~~."

오늘이 생일이라서 다행이다.

오늘이 특별한 날이라서 다행이다.

일이 더 심각해지지 않아서 다행이다.

"그리고 좋았어어어!"

5년 뒤. 확약!

저 에리스가!

약속!

좋아, 그때까지 두 번 다시 경박한 짓은 하지 말자.

5년 뒤.

15세다.

긴 세월이지만 참을 순 있다.

확실히 받을 수 있는 상품이 있다면 버틸 수 있다.

그때까지 나는 신사다. 변태가 아닌 쪽의 신사다.

여태까지 같은 성희롱도 그만두자.

술은 몇 년이나 묵혀서야 비로소 맛에 깊이가 나온다.

찔끔찔끔 맛을 보다간 5년 뒤의 맛을 즐길 수 없을지도 모른다.

차지 샷은 모으고 모은 만큼 위력이 올라간다. 나는 어떤 에로 이벤트에도 굴하지 않는 강인한 남자가 되겠다. 이번에야말로 둔감남 주인공을 목표로 한다.

A버튼을 계속 누르고 있다가 5년 뒤에 놓는다.

그렇게 맹세했다.

예스 로리타, 노 터치.

응?

잠깐, 지금으로부터 5년 뒤…?

둔감남?

내 뇌리에 창백한 얼굴로 빙그레 미소 짓는 실피의 얼굴이 떠올랐다.

다음날, 눈을 뜨자 팬티가 젖어 있었다.

그만 A버튼을 놓아 버렸던 모양이다.

아, 내일부터 열심히 하자.

참고로 세탁물을 회수하러 온 메이드에게는 에리스에게 비밀로 해달라고 부탁하자, 흐뭇한 것을 보았다는 눈으로 웃어 주었다.

조금 창피했다.

---

이름 : 에리스 B 그레이랫

직업 : 피톨아 영주의 손녀

성격 : 다소 흉포, **경우에 따라서는 얌전하다**

말 : 얌전히 듣는다

읽고 쓰기 : **거의 완벽**

산술 : **나눗셈도 할 수 있다**

---

마술 : 무영창은 무리, 중급도 어렵다

검술 : **검신류 상급**

예의작법 : **어려운 궁정 예절을 배우는 중**

좋아하는 사람 : 할아버지, 길레느

**아주 좋아하는 사람 : 루데우스**

## 제8화 터닝 포인트

시론 왕궁.

록시 미굴디아는 창밖을 보며 눈썹을 찌푸렸다.

하늘의 색이 이상했다.

갈색, 검정, 자주색, 황색.

평소에는 볼 수 없는 색깔로 변했다.

하지만 어딘가에서 본 적이 있는 색.

"저게 뭐였더라…."

색채가 기억에 있었다.

하지만 하늘이 그런 변화를 일으키는 건 한 번도 본 적이 없었다.

단순한 자연현상이 아니라는 건 누구의 눈에도 명백했다.

아마도 어떤 이유로 마력이 폭주하는 거겠지.

그 규모. 멀리서 봐도 마력이 소용돌이치는 게 보일 정도였다.

거기까지 생각하다가 록시는 떠올렸다.

저런 빛. 어디서 봤나 했는데 마법대학이었다.

소환 마법의 빛과 비슷했다.

"저 방향은 동쪽… 아슬라 왕국일까요. 설마 루데우스가?"

록시는 과거의 제자였던 한 소년을 떠올렸다.

그 소년은 다섯 살 때 태연한 얼굴로 폭풍을 일으켰다.

지금은 열 살. 절반의 나이에 끝 모를 마력을 완전히 제어했을
정도니까 저 정도는 가능할지도 모른다.

소환 마술은 배울 수 없었다고 최근 편지에 적혀 있었다.

하지만 어떤 연유로 교본을 손에 넣었다든가 스승이라도 찾
은걸까.

"빈틈!"

생각에 잠겨 있을 때 갑자기 뒤에서 껴안는 사람이 있었다.

그대로 가슴을 붙잡히는 동시에 넓적다리 근처에 딱딱한 감
촉.

"하아…."

록시는 진절머리를 냈다.

두꺼운 로브 너머로 주무르거나 몸을 붙여도 대단한 감촉은
맛볼 수 없을 텐데….

물론 하는 쪽이 어떤 감촉을 얻든 당하는 쪽으로서는 불쾌하
다.

"폭염을 몸에, 버닝 플레이스!"

"까우!"

몸에 불의 결계를 두르고 등 뒤의 사람을 날려 버렸다.

아직 루데우스처럼 무영창까진 아니지만, 5년 동안 상당히 주문을 단축시킬 수 있게 되었다.

루데우스가 자기 제자에게도 무영창을 연습시킨다고 해서 록시도 주문 생략을 연습해 보았는데, 그렇게 간단히 되는 게 아니었다.

저 천재 소년은 자기 제자에게 얼마나 기대하는 걸까.

모두가 그 같은 재능을 가진 게 아닌데.

록시는 고개를 돌려서 바닥에 넘어진 소년에게 시선을 보냈다.

"전하. 뒤에서 여자 가슴을 만져선 안 됩니다."

"록시! 너는 날 죽일 셈이냐! 감옥에 넣어 주마!"

시론 제7왕자 팩스 시론은 올해로 열다섯 살이 된 악동이다.

처음에는 그냥 흐뭇하게 지켜볼 수 있었지만, 최근에는 단계가 올랐는지 대낮부터 성욕을 직설적으로 드러내게 되었다.

"그건 죄송합니다. 그 정도로 죽다니, 전하는 날벌레 같은 생명력밖에 없으신 모양이군요."

"끄으으! 불경죄다! 용서 못 해! 용서받고 싶다면 지금 당장 그 로브를 걷고 팬티를 보여라!"

"거절하겠습니다."

메이드 몇 명에게도 손을 댔고 국왕도 골머리를 앓았다.

그리고 최근에는 무뚝뚝한 가정교사를 자기 걸로 만들고 싶은 모양이다.

'이렇게 멋없는 여자의 어디가 좋은 걸까.'

록시로서는 이해할 수 없었다.

아무튼 이것저것 성적인 요구를 해댔지만, 왕자의 명령에 따를 필요는 없었다.

나라와의 계약에는 왕자가 뭐라고 해도 교사의 재량으로 판단하라고 되어 있기 때문이다.

이 성에 사는 사람들 중 왕자의 명령을 직접 듣는 사람은 적다.

결국은 제7왕자.

왕위 계승 순위는 낮고 권한도 그리 없다.

권리만 보면 한정 궁정마술사인 록시 쪽이 높을 정도다.

"록시. 나는 알고 있다. 네게 연인이 있다는 사실을!"

그러니까 왕자는 다른 수를 썼다.

"호오, 제게 어느 틈에 그렇게 대단한 게 생겼을까요."

갑작스럽게 이상한 말을 꺼내는 왕자에게 록시는 고개를 갸웃거렸다.

연인. 있으면 좋겠다고 생각한 적은 있지만, 이상적인 남자와는 아직 만나지 못했다.

민난다고 헤드 미굴드족 특유의 몸으로는 아마 시선도 받지 못하리라고 체념하였다.

왕자는 이상하니까 이런 몸도 한 번은 맛보고 싶다고 생각하는 모양이지만, 그런 가벼운 마음에 몸을 팔 정도로 싸게 굴지는 않을 생각이다.

"크크큭, 네 방에 숨어들어가서 선반 안에 쌓인 편지를 보았다! 어디의 말뼈다귀인지 모르지만, 내 권력으로 박살내 줄 수도 있다! 사랑하는 남자가 무참하게 처형당하는 걸 보고 싶지 않거든 내 여자가 되라!"

왕자가 쓰는 다른 수단이라는 건 바로 이런 것이다.

손을 대고 싶은 상대의 연인을 인질로 잡고, 연인을 돕고 싶으면 몸을 바치라고 한다.

연인의 눈앞에서 범하여 정복감을 맛보는 것이 최고라나 보다.

물론 왕자에게 그런 권한은 없었다.

그렇다고 해도 일단은 일국의 왕자다. 마음대로 할 수 있는 부하도 있고, 실제로 연인을 인질로 잡힌 메이드가 있다는 소문도 있었다.

'악취미, 혐오감밖에 들지 않습니다.'

록시는 그렇게 생각했다. 자신에게 연인이 없어서 다행이라고.

편지는 모두 루데우스에게서 온 것이다.

루데우스는 존경할 만한 제자지, 연인이 아니다.

"마음대로 하시죠."

"뭐! 정말로 한다! 사과할 거면 지금 하는 게 좋을걸! 지금이라면 네 몸만으로 끝난다!"

왕자는 생각이 없다.

애초에 루데우스가 어디 있는지도 모르겠지.

이런 걸 보면 편지 내용조차도 안 읽은 게 틀림없다.

"루데우스를 어떻게 할 수 있다면 제 몸을 마음대로 굴리셔도 좋습니다."

"뭐, 뭐냐, 그 자신감은…. 너도 내 권력은 알고 있을 텐데?!"

록시는 알고 있었다.

왕자의 권력이 왕족치고는 코웃음밖에 나오지 않을 정도라는 것을.

"루데우스는 아슬라 왕국의 상급 귀족 보레아스의 비호 아래에 있습니다."

"보레아…? 상급 귀족 따위가 왕족인 내 뜻에 대항할 수 있을 리가 없지!"

아슬라 왕국의 상급 귀족의 이름도 모른다.

그 사실에 록시는 한숨을 흘렸다.

대체 다른 가정교사는 뭘 가르친 걸까.

아슬라 왕국의 노토스, 보레아스, 에우로스, 제피로스, 이상 4대 지방영주는 유명하다.

아슬라 왕국에 전쟁이 일어났을 때 제일 먼저 일어설 존재이며 대대로 무인이 맡았다.

시론에서 이식이 있으면 혹시 그중에서 이름 있는 귀족이 찾아와도 이상하지 않다.

기억해 둬야 할 귀족 중 하나다.

"아슬라는 시론보다 열 배는 큰 나라입니다. 그곳의 상급 귀족 자제에게 엉뚱한 혐의를 씌워서 처형대로 보내려면 정말이지 큰 정치력과 모략이 필요하겠죠. 전하의 권력으로는 도저히 무리입니다."

"아, 암살해 주마! 내 친위대를 보내서…."

친위대라는 말에 록시는 속으로 또 한숨을 내쉬었다.

정말로 이 왕자는 아무런 생각이 없다.

"친위대가 국경을 넘을 수 있을 리 없지 않습니까. 그리고 만에 하나 넘었다고 해도 보레아스에는 지금 검왕 길레느가 식객으로 있습니다. 피트아령 성채도시 영주의 저택에 숨어들어가서 검왕 길레느의 눈을 피해 마술의 달인을 암살한다? 가능하리라고 생각하십니까?"

"끄, 끄으으…."

왕자는 이를 갈면서 발을 굴렀다.

그 모습을 보며 록시는 또다시 한숨을 흘렸다.

'하아. 정말로 열다섯 살이나 되었는데 분별의 분 자도 모르니.'

루데우스가 가르친다는 에리스라는 아가씨는 3년 전에는 어떻게 손 쓸 수 없을 정도의 야수 같았지만, 최근에는 꽤나 다소곳해졌다고 들었다.

반대로 전하는 이 꼴이다.

예전에는 그래도 귀여운 맛이라도 있었고 마술 재능도 있었다.

그런데 자기 권력을 깨달은 뒤로는 노력하는 마음이 완전히 사라졌고, 지금은 수업 중에 절반 이상 잠만 잔다.

스스로에게 교사로서 재능이 없다는 걸 느꼈다.

"물론 저는 이제 곧 전하의 가정교사를 그만둘 테니, 이제 와서 암살자를 보내 봤자 늦습니다만."

그렇게 말하자 왕자는 경악하며 외쳤다.

"뭐! 뭐라고! 나는 그런 이야기 못 들었다!"

"기억 못 하실 뿐 아니겠습니까?"

처음부터 전하가 성인이 될 때까지라는 약속이었다.

당초에 록시는 계약 기간이 끝나도 요청이 있으면 계속 눌러앉아도 좋겠다고 생각했다.

하지만 왕궁 안에서 록시의 존재를 좋게 생각하지 않는 이들도 많았다.

이쯤에서 몸을 빼는 게 현명한 처신이다.

"좋은 기회고요."

"뭐가 좋은 기회지?"

"서쪽 하늘에 이변이 있으니 보러 가겠습니다."

"뭐, 뭐냐, 그건…."

오래간만에 루데우스의 얼굴이 보고 싶다고는 말하지 않았다.

말하면 길길이 날뛸 게 분명하니까.

"내, 내게는 아직 록시가 필요하다! 수업도 아직 안 끝나지 않았나!"

"끝이고 뭐고, 항상 주무시면서 안 듣지 않습니까."

"록시가 깨워 주지 않는 게 잘못이다!"

"그렇습니까. 그럼 나쁜 교사는 당장이라도 없어져 드리겠습니다. 다음에는 깨워 주는 사람을 고용해 주세요. 저는 사양입니다."

록시는 생각했다.

이 왕자는 내게 무리라고.

아무래도 루데우스와 비교하게 된다.

루데우스는 이쪽에서 뭔가를 하나 가르치면 혼자 공부해서 열이나 스물을 배웠다.

그런 학생과 만나게 된 나로서는 두 번 다시 교사를 할 수 없을지도 모른다고.

이렇게 해서 록시는 시론을 떠났다.

떠날 때 제7왕자와 그 숨결이 닿은 기사들의 습격이 있었지만 격퇴했다.

제7왕자는 록시가 자신을 공격했다, 용서할 수 없는 폭거다, 지명수배해서 내 앞으로 끌고 와야 한다고 강변했다. 하지만 시론 왕국이 그 말을 들어주는 일은 없었다.

오히려 '수왕급 마술사 록시 미굴디아'를 나라에 붙잡을 수 없었던 제7왕자를 꾸짖고 엄하게 처벌했다고 한다.

하늘의 이변을 알아차린 건 록시만이 아니었다.

세계의 곳곳에서 수많은 이들이 알아차렸다.

그 이상성, 그 돌발성에.

세계에서 이름을 날린다는 이들은 알아차렸다.

## ◆ 적룡산맥에서 ◆

'용신' 올스테드는 서쪽 하늘을 올려다보았다.

"마력이 모여든다…? 뭐지. 어디서 일그러졌지?"

의아하니 얼굴을 찌푸렸다.

"뭐, 됐어. 가 보면 알겠지."

그대로 곧장 서쪽으로 향했다.

방금 전에 일격으로 해치운 레드드래곤의 시체를 뛰어넘어서.

그 주위에는 날벌레처럼 무수한 레드드래곤이 선회했지만, 그 어느 개체도 손을 대지 않았다.

그들은 지금 지상을 달리는 생물이 누구인지 안다.

자신들이 한꺼번에 덤벼도 죽을 뿐이라는 걸 안다.

또한 이쪽이 손을 대지 않으면 죽지 않으리란 것을 안다.


저자는 용신.

세계의 이치에서 벗어난 자.

결코 손을 대서는 안 된다.

자존심 강한 어린 용이 주제도 모르고 혼자 올스테드에게 덤 볐다.

순식간에 고깃덩어리로 변했다.

레드드래곤들은 안다.

저 생물이 변덕을 부리지 않는 한, 하늘만 날면 안전하다는 사실을.

레드드래곤은 중앙대륙의 절대강자다.

하지만 그것은 전투능력만이 아니다.

레드드래곤은 현명하기에 강자다.

레드드래곤은 안다.

저자는 세계 최강이라고 불리는 남자라고.

몇 마리가 떼로 덤벼도 못 당하는 상대라고.

그는 천천히 산을 내려갔다.

레드드래곤들의 시선을 받으면서….

그 목적은 아무도 알 수 없었다.

### ◆ 공중성채에서 ◆

3대 영웅 중 한 명 '갑룡왕' 페르기우스는 북쪽하늘을 **내려다** 보았다.

"뭐지, 저건? 마계대제의 부활의 빛과 비슷한데."

옆에 대기하는 하얀 까마귀 가면.

검은 날개를 가진 천족 여자가 속삭이듯이 말했다.

"마력의 질이 다릅니다."

"그래, 저건 어느 쪽이냐면 소환광과 비슷해."

"예. 하지만 저 사이즈의 소환광… 기억에 있습니다."

"우리 공중성채를 만들 때와 비슷하군."

페르기우스는 이동했다.

오늘도 공중성채의 옥좌에 앉아서 열두 명의 하인을 거느리고.

그저 지상을 감시했다.

목적은 단 하나. 증오스러운 적, 마신 라플라스를 부활 직후에 쓰러뜨린다.

그저 그 봉인이 풀리는 것을 하늘에서 기다렸다.

"혹시 마계대제가 라플라스의 봉인을 풀려는 걸까?"

"있을 수 있습니다. 부활한 지 300년. 마계대제는 이상하리만치 조용합니다."

"좋아. 아르만피!"

"여기 있습니다."

노란색 가면을 쓴 하얀 옷차림의 남자가 소리 없이 페르기우스의 앞에 무릎을 꿇고 있있다.

"지금 당장 가서 조사… 아니, 분명히 좋지 못한 일일 게 틀림없지. 수상한 녀석을 찾아내는 대로 죽여라."

"알겠습니다."

'갑룡왕' 페르기우스는 움직였다.

열두 명의 신하를 거느리고. 네 친구의 복수를 하기 위해.

이번에야말로 마신 라플라스의 숨통을 확실하기 끊기 위해서.

## ★ 검의 성지에서 ★

'검신' 갈 파리온은 남쪽 하늘을 올려다보았다.

"뭐지, 저 하늘…. 어차."

잠깐 의식을 빼앗긴 순간 귀여운 애제자 둘이 동시에 공격해왔다.

"한눈 팔 때 이러는 게 어딨냐."

그 표정은 여유.

반대로 두 애제자는 숨을 헐떡이고 있었다.


여전히 센스 없는 놈들이군. 검신은 생각했다.

이 녀석들은 검제라고 불리면서 콧대가 높아졌지만 결국은 이 정도다

하찮아, 하찮아, 검술에 명성은 필요 없어.

그냥 강해지면 그걸로 족한 거야.

명성으로 얻을 수 있는 거라곤 고작해야 권력과 돈이지.

그런 것에는 아무런 가치도 없어.

아무나 손에 넣을 수 있는 것 따윈 이 몸의 검으로 일도양단이야.

강하면 말도 안 되는 짓도 가능해지지.

바로 그게 산다는 것이야.

길레느는 그런 면을 제일 잘 알았지만 점점 둥글둥글해졌어.

그러니까 검왕 정도에서 막혀 버렸지.

산다는 것에 탐욕스러운 녀석은 제대로 검도 못 휘두를 만큼 힘이 없더라도 강한데.

힘이 강해지면 탐욕을 잃지.

지금 길레느는 안 돼. 더 욕심이 필요해.

이 녀석들도 재능은 대단하지 않지만, 더러운 욕망 덕분에 여기까지 왔지.

결사의 전장에서 사는 요령은 끊임없는 욕망이야.

"자, 자, 얼른 덤벼봐. 나를 이기고 둘이서 죽고 죽이든가 해서 검신을 칭해 보라고! 돈은 인생 백 번 정도 놀고먹을 만큼 듬뿍, 여자는 노예부터 공주님까지 주르륵 모아놓고 하핫, 이름만 들으면 모두가 쫄아서 내빼고, 한 발 움직이면 인간의 바다가 둘로 갈라진다!"

"저는 그런 것을 위해 검을 배우는 게 아닙니다!"

"스승님! 얕보지 말아 주세요!"

이렇다.

이 녀석들두 조금 더 스스로에게 솔직해져야 하는데.

그러면 나 따윈 간단히 죽이고 검신을 칭할 수 있을 텐데.

검신은 남쪽 하늘 따윈 까맣게 잊어버렸다.

### ★ 마대륙의 어딘가에서 ★

마계대제 키시리카 키시리스는 동쪽 하늘을 올려다보았다.

"흥, 짐 정도 되면 반대쪽을 봐도 보인다! 어때, 대단하지?"

하지만 대답하는 자는 없었다.

주위에 아무도 없었기 때문이다.

"무시하나! 후하하하! 좋아, 좋아, 용서해 주지, 인간들! 아니, 평화로운 탓에 짐 근처에 아무도 다가오지 않으니 용서할 수밖에 없군, 인간들! 후하하하, 하하하하하하! 후하하하콜록콜록…."

키시리카는 고독했다.

아무도 상대해 주지 않기 때문이다.

부활한 순간 '마계대제 키시리카, 바로 지금 부활! 다들 기다렸군! 후하하하하!' 라고 소리쳤지만 아무도 없었다.

그래서 시내로 나가서 다시금 소리쳤지만 가엾은 아이를 보는 시선이 돌아왔다.

그 이후로 아무도 상대해 주지 않았다.

옛 친구를 찾아가 보았지만 지금은 평화로우니까 얌전히 있어달라는 말을 들었다.

"인간족의 점쟁이는 뭘 하는 거야. 예전에는 짐이 부활하면 곧바로 부들부들 떨고 기성을 지르면서 창문에서 자유낙하하는 퍼포먼스를 보여 주었는데. 그런 모습이 없으면 짐의 부활이 멋없지 않느냐…. 참나, 요즘 젊은 것들이란."

키시리카는 지면의 돌을 걷어차고 마력이 소용돌이치는 서쪽 하늘을 올려다보았다.

마계대제의 별명은 '마안의 마제'.

열 개가 넘는 마안을 가져서 한 번 바라보면 거기에 있는 것이 무엇인지 안다.

아무리 멀리 있어도 일목요연하다.

강대한 마력. 익숙한 소환광. 그리고 그걸 제어하는 자.

"뭐냐, 안 보이지 않느냐. 결계라도 쳤나. 저렇게 거창한 짓을 하면서 얼굴을 안 보이다니, 이러니까 부끄럼쟁이들이란…."

키시리카의 눈은 만능이 아니었다. 그러니까 마계대제 이상 올라갈 수 없었다.

아무리 지나도 마신이라고 불릴 수 없다.

그것 자체는 마음에 두지 않지만.

"용사라도 소환되면 좋겠는데. 하지만 요즘은 이놈이고 저놈이고 라플라스만 찾으니…. 키시리카? 그게 누구야? 같은 소리나 하고…. 역시 용사도 라플라스인가 하는 젊은 놈 쪽으로 가버리나…. 눈에 띄고 싶군. 또 각광을 받으며 퍼레이드를 하고 싶다."

한숨을 내쉬면서 키시리기는 여행을 떠났다.

적당한 방향으로.

### ★ 같은 시각―루데우스 시점 ★

나는 성채도시 로아의 교외에 있는 언덕에 왔다.

생일에 나눈 약속을 지키기 위해서 길레느에게 성급 물 마술을 보여주기로 했다.

당연히 에리스도 따라왔다.

'아쿠아 하티아'를 꺼내어 천을 벗겼다.

일단 마석 부분에 천을 감아두었다. 멋없긴 하지만 이렇게 비싼 걸 대놓고 보이다가 도적이라도 다가오면 귀찮다. 숨기고 싶을 만큼 커다란 마석이 들어 있다고 여겨지는 것보다는 마력이 깃든 천으로 강화하고 있다고 여겨지는 편이 낫겠지.

수성급 마술을 쓰기 전에 '아쿠아 하티아'를 시험 삼아 사용해 보았다.

평소와 마찬가지로 마력을 넣고 물구슬을 만들자 평소보다 훨씬 큰 물구슬이 생겨났다.

"오오, 크다."

보다 작게 압축하려고 하자 너무 작아져서 눈으로 볼 수 없어졌다.

조금씩 조정해 보았다.

30분 정도 연습한 결과, 물 마술에 관해서 다섯 배 정도의 효과가 나온다는 걸 알았다.

공격 마술을 보다 강하게, 혹은 같은 위력으로 소비 마력만 작게.

숫자로 표현하자면,

지팡이 없는 상태 : 소비 10, 위력 5

지팡이 있는 상태 : 소비 10, 위력 25

지팡이 있는 상태 : 소비 2, 위력 5

그런 느낌이겠지.

요는 확대경이나 현미경이다.

세밀한 조정이 어렵지만, 익숙해지면 괜찮을지도 모른다.

"어, 어때?"

에리스가 불안한 얼굴을 하였다.

안심해. 나는 새 장난감에 열중한 거니까.

"조정이 어렵지만, 이거 대단하네요."

"그, 그래! 다행이다!"

그 뒤로 한동안 이것저것 시험해 보니 물 마술이 두 배, 흙과 바람이 각각 세 배가 된다는 걸 알았다.

이 지팡이를 써서 마술을 섞는 건 어려울 것 같았다.

아니, 그것도 익숙해지면 되려나?

"좋아, 그럼 여러분 오래 기다리셨습니다. 루데우스 그레이랫의 최강최대의 마술을 보여드리죠."

"와오!"

에리스가 기쁜 듯이 박수를 쳤다.

실레느도 흥미 깊은 눈치였다.

나도 분위기를 탔다. 여기선 멋지게 해야지.

"후하하하하! 모여라, 마력! 웅대한 물의 정령이 되어 하늘로 올라… 어라?"

일부러 주문을 외워 가면서 수성급 마술을 발동시키려고 지팡이 든 두 손을 하늘로 쳐들었다.

그리고 나도 깨달았다.

"음?"

"뭐야, 저거?"

내 시선 끝, 전원의 의식이 하늘로 향했다.

"하늘색이 변한다? 뭐지?"

하늘이 변색되어 갔다. 기분 나쁜 색이다. 자주색과 갈색이 마블 형태가 되어서….

"……."

길레느가 말없이 안대를 벗었다.

안대 밑에서는 진녹색을 띤 눈동자가 나타났다.

외눈이 아니었나.

"저건 대체 뭐죠?"

"나도 모르겠다. 엄청난 마력이다…!"

그 눈은 마력이 보이는 걸까. 3년 만에 안 길레느의 진정한 능력… 마아

길레느는 곧바로 안대를 다시 썼다.

"일단 시내로 돌아갈까요?"

이렇게 이상한 하늘이 무엇의 전조인지는 모르지만, 하늘에 이변이 있다면 지붕 있는 곳으로 피난하고 싶었다. 창이라도 쏟아져 내린다면 곤란하고.

"아니, 시내로 다가갈수록 마력이 강해진다. 여기서 떨어지는 편이 좋을지도 모르겠어."

"그럼 하다못해 저택으로 돌아가서 그렇게 전해야!"

필립에게라도 말해서 시민들을 피난시키는 편이 낫겠지.

"그럼 내가 돌아가서… 루데우스! 엎드려!"

반사적으로 엎드렸다.

동시에 뭔가가 부웅 하고 바람 가르는 소리를 남기고 머리끝을 지나갔다.

등골이 오싹했다.

뭐야. 뭐가 일어났지?

지금 지나간 게 뭐야?

"이 자식!"

시야 안에서 길레느가 허리의 검에 손을 대더니 순간 흔들렸다.

다음 순간 길레느는 검을 완전히 뽑아든 포즈로 멎어 있었다.

몇 번인가 보여 주었던 그거다.

검신류 검성기劍聖技 '빛의 검'.

극에 달하면 검이 광속에 달한다고 일컬어지는 검신류의 비기.

이 기술이 있으니까 검신류는 검술 유파 중에서 최강이라고 길레느가 가르쳐 주었다.

"음."

길레느가 눈썹을 찌푸렸다.

왜인지 모르지만 빗나갔다.

상대가 그걸 피했다. 눈으로 볼 수도 없는 필살검을. 그녀는 경계의 빛이 강한 표정으로 내 뒤를 노려보았다.

"……."

나는 천천히 돌아보았다.

나한테 뭔가를 하고 길레느의 공격을 회피한 상대의 모습을 확인하기 위해서.

"누구…?"

거기에 남자가 서 있었다.

금발에 학생복처럼 앞쪽으로 잠그는 하얀색 옷.

아마도 미남일 듯한 얼굴은 노란색 가면으로 가려져 있었다.

여우와 비슷한 동물을 모티브로 했을까.

오른손에는 커다란 단검.

저거다, 저게 내 머리에 스쳤다.

"누구냐, 이름을 대라!"

"……."

길레느가 소리친 다음 순간 남자의 얼굴이 빛났다.

엄청난 광량. 순시간에 시야가 새히얗게 되있다.

나는 순간 눈을 감았다.

"하압!"

길레느의 포효가 들렸다.

키잉 하고 금속이 맞부딪치는 소리.

누군가가 달리는 소리.

두 번, 세 번의 금속음.

시력이 되돌아왔을 무렵, 길레느는 내 앞에 나와 있었다.

안대를 벗은 모습.

그래. 그 빛으로 시야를 빼앗긴 순간, 안대를 벗어서 다른쪽 눈으로 봤겠지.

"이 자식. 누구냐. 그레이랫 가문을 적대하는 자인가!"

"…광휘의 아르만피. 그게 내 이름."

"아르만피?

"이 이변을 막으러 왔다. 그게 페르기우스 님의 명이다."

페르기우스란 이름은 들은 적 있었다.

분명히 '마신을 죽인 세 영웅' (죽이진 않았다) 중 하나옛다.

열두 명의 사역마를 부린다는 소환술사.

그리고 연쇄적으로 아르만피의 이름도 떠올랐다.

페르기우스의 열두 사역마 중 하나, 광휘의 아르만피.

"조심해요, 길레느. 문헌에 따르면 그 녀석은 빛의 속도로 움직인다고 해요."

"루데우스, 넌 아가씨를 데리고 물러나라."

시키는 대로 나는 에리스를 등 뒤로 지키듯이 하며 두 사람에게 방해되지 않는 위치로.

하지만 너무 멀리 떨어지지 않도록.

여차할 때면 길레느를 원호할 수 있는 위치로. 길레느의 원호를 받을 수 있는 위치로.

저게 진짜로 광휘의 아르만피라면 검으로는 대미지를 줄 수 없을 것이다. 분명히 『페르기우스의 전설』에서는 그렇게 나왔다.

하지만 이 남자, 어디에 숨어 있었지?

…아니, 분명히 광휘의 아르만피는 빛을 다루는 정령.

눈에 보이는 부분이라면 아무리 멀리 떨어진 위치에서라도 순식간에 이동할 수 있다고 했다.

책을 읽을 때는 그게 불가능하다고 생각했지만, 내 뒤에 순식간에 나타났다.

길레느가 방심했을 리도 없고, 이전부터 숨어 있을 이유도 없다.

날아온 것이다. 말 그대로 광속으로.

그런 능력이 있다.

"여자, 비켜라. 그 꼬맹이를 죽이면 이변이 멎을지도 모른다."

그보다 대체 뭐야. 이변이라니 하늘의 저거?

뭔가 착각하는 거 아냐?

"나는 검왕 길레느 데돌디어다. 저것과 우리는 관계없다. 물러나라!"

"검왕? 믿을 수 없다. 증거를 보여라."

"봐라! 검신의 일곱 자루 검 중 하나인 명도 '히라무네平宗'다! 이 검의 이름을 보고도 아직도 믿을 수 없나?!"

길레느가 검을 쥔 채로 주먹을 내뻗어서 아르만피에게 보여주었다.

그 검, 그런 이름이었나. …납작가슴*. 길레느에게 어울리지

---

※平宗과 平胸이 같은 히라무네(ひらむね)로 읽히는 것을 이용한 말장난.

않는 이름이다.

"스승과 일족에게 맹세해라."

"나의 스승, 검신 갈 파리온과 데돌디어족의 명예에 맹세한다!"

"데돌디어… 좋다. 사실이 아니었을 경우, 훗날 페르기우스 님이 판단을 내리신다."

"알겠다."

아르만피가 단검을 수습했다. …잘은 모르겠지만 어떻게든 되었나 보다. 내 상식으로는 말로 좀 맹세해 봤자 의심쩍을 뿐이지만, 이세계의 상식은 다를까.

그보다 길레느란 사람의 맹세가 그렇게 신용할 만하다는 걸까.

로마 교황이 신에게 맹세하는 듯한 그런 신용이.

"너희가 아니라면 됐다."

"…갑자기 습격해 놓고서 사과도 없나?"

"이런 장소에서 이상한 짓을 하던 쪽이 잘못이지."

광휘의 아르만피는 그렇게 말하고 발길을 돌렸다.

조금 진정하자. 냉정하게 생각하자.

일단 하늘에 이변이 일어나고 뒤이어 갑작스럽게 남자가 나타났다.

그는 책에서도 나올 만한 전설의 영웅의 사역마라고 한다.

그런 유명인이 갑자기 나타나서 나를 습격했다. 아무래도 내가 저 하늘의 이변을 일으킨 거라고 생각한 모양이다. 물론 아니지만… 그는 하늘의 이변에 대해 뭔가 아는 걸까. 아니, 모르니까 나를 습격했겠지….

하지만 조금 이야기를 들어 보아도 좋을지 모르겠다.

"저기…."

"음?"

말을 걸려고 한 바로 그 순간.

"아."

내 눈은 지켜보았다.

하얗게 물든 하늘에서 한 줄기 빛이 지면으로 뻗는 것을.

그리고 그것이 지면에 닿은 순간.

빛이 엄청난 속도로 부풀더니 그 격류가 모든 것을 지우면서 해일처럼 밀려드는 것을. 저택을 지우고 도시를 지우고 성벽을 지우고 풀이나 나무를 삼키면서 다가오는 것을.

아르만피는 고개를 돌려 그걸 본 순간, 금색의 빛이 되어 순식간에 사라졌다.

길레느는 그걸 본 순간 이쪽으로 달려오려다가 빛 속으로 사라졌다.

에리스는 그걸 본 순간 의미를 알 수 없어 그저 멍하니 움직임을 멈추었다.

나는 하다못해 에리스라도 지키려고 그녀를 몸으로 감쌌다.

다음 순간 순백의 빛이 주위를 지배했다.

나는 지면인지 하늘인지 어딘가로 끌려가는 듯한 감각 속에서 의식을 잃었다.

그저 의식을 잃기 직전까지 에리스만큼은 놓지 않았다.

그날 피트아령은 소멸했다.

## 에필로그

피트아령 소멸로부터 반년 뒤.
피트아령에 도착한 록시는 아무것도 없는 '초원'을 앞두고 눈을 치떴다.

그저 넋 놓고 있을 뿐이었다.
지금 록시가 서 있는 가도는 아슬라 왕국이 정비한 돌판 포장도로다.
이렇게나 멋진 길은 다른 나라라면 수도 근교에서밖에 볼 수 없겠지.
아슬라 왕국은 구석구석까지 이런 돌판으로 길을 포장하였다.
그럴 터였다.
그런데 눈앞에 있는 경계선부터 길이 사라졌다.
아무것도 없었던 것처럼 초원이 펼쳐져 있었다.
"……."
뭔가가 있었다. 그것만큼은 알 수 있었다.

무슨 일이 있었는가. 그건 알 수 없었다.

그녀는 결과밖에 모른다.

피트아령이 사라졌다는 결과밖에.

부에나 마을도 사라졌다는 결과밖에.

루데우스도, 마족인 그녀를 간단히 받아들여 주었던 마음 착한 가족도 모두 사라졌다는 결과밖에.

그런 이야기는 여기까지 오는 도중에 몇 번이나 들었다.

설마 싶었다.

사람을 속이려는 거구나 싶었다.

아무튼 믿으려 들질 않았다.

반드시 살아 있다, 아무 일도 없이 남아 있다고 믿었다.

한 줄기 희망에 매달려 왔다.


눈앞에 있는 현실을 보기 전까지는….


록시는 다리가 풀려 쓰러졌다.

"너도 가족을 잃었나?"

여기까지 태워준 마차의 마부가 어느 틈에 뒤에 서 있었다.

"우수한 제자를."

"제자라. 하지만 마술사의 제자라면 목숨을 잃을 각오는 되어 있었겠지?"

"그는 이직 열 살이었습니다."

"그거… 너무 이르군…."

마부가 위로하듯이 록시의 어깨를 가볍게 두드렸다.

록시는 한동안 아무것도 할 수 없어서 그저 고개 숙인 채 발밑의 지면을 바라보았다.

아무 생각도 하고 싶지 않았다. 아무 생각도 할 수 없었다.

이 뒤로 뭘 어떻게 하면 좋을지 알 수 없었다.

마부는 그런 록시를 묵묵히 바라보다가 조용히 한 마디 했다.

"사실 피트아령의 난민 캠프가 있어. 가 볼 텐가? 뭐, 열 살이면 살아남기 어렵겠지만, 혹시 모르니까 말이야."

록시는 번쩍 고개를 들었다.

"가겠습니다!"

루데우스와 그의 가족이라면 분명 괜찮다.

눈치 빠르게 살아남았을 게 틀림없다.

분명 그 마을에서 씩씩하게 살아 있겠지.

록시는 한 가닥 희망을 다시금 품었다.

난민 캠프는 나무로 만든 건물이 몇 채 늘어서서 마을이라고 할 만한 규모를 이루고 있었다.

많은 사람들이 정신없이 움직이고 있었다.

하지만 활기는 없어 한없이 가라앉은 분위기가 흘렀다.

'아슬라 왕국에서 이런 분위기를 만나게 되다니.'

록시가 아는 아슬라 왕국은 세계에서 가장 풍요로운 나라다.

활기 넘치는 사람들의 얼굴과 미소가 넘쳐나는 곳이다.

음식은 풍부하고 마물도 적다.

사람이 살아가기에 가장 좋은 장소다.


그런데도 거기에는 미소가 없었다.


이 마을도 음식이 부족한 것으로는 보이지 않았다.

애초부터 풍요로운 곳이다.

길가의 풀이라도 뜯어다가 먹으면 굶주릴 일은 없다.

굶주림이 없으면 사람은 웃으며 지내는 법이다.

안 좋은 일이 있더라도 마대륙처럼 살벌한 분위기는 없다.

그럴 터이다.

하지만 눈앞의 광경에 록시는 얼굴을 찌푸릴 수밖에 없었다.


난민 캠프의 임시 모험가 길드.

본디 여러 의뢰가 붙어 있어야 할 게시판 앞.

거기는 가장 음울한 분위기로 가득했다.

집을 잃고 가족을 잃은 남자가 게시판 앞에서 오열하고 있었다.

"뭐야, 이게 뭐냐고! 반년, 여기에 돌아오기까지 반년 걸렸는데, 제길! 로라, 프랜시스, 왜 다들 죽은 거야!"

남자는 가족을 잃었다. 그뿐만이 아니다. 집도 땅도 장사도구도, 모두 다 잃어 버렸다.

그 비통한 외침은 귀에 거슬렸지만, 아무도 그의 통곡을 막을 수 없었다.

그저 공감만이 있었다.

"신이여! 이게 당신의 뜻인가!"

어느 승려는 자기 밥줄인 미리스 교단의 심볼을 지면에 내동댕이쳤다.

"더 이상 무엇도 믿지 않겠어! 너희는 신 같은 게 아니다. 인간을 비웃고 죽일 뿐인 냉혹한 악마다!"

하늘을 우러러 분노와 증오가 담긴 표정으로 외치는 승려.

이 자리에 미리스 교도가 여럿 있겠지만 신에게 기도하는 이는 없었다.

"막지 마!"

"어이, 그만둬. 죽어서 어쩌자고. 살아 있으면 좋은 일도 있어."

어느 상인은 나이프로 자기 목을 찌르려다가 주위에게 제지당했다.

"사, 살아 있으면이라니! 그게 진심으로 하는 소리냐! 제길, 나는 말이지, 목숨보다도, 목숨보다도 소중한 걸 잃었어! 죽게 해 줘, 부탁이야…. 제길, 제길."

절망적인 얼굴로 웅크려서 눈물을 흘리며 고개를 떨구고 조용히 몸을 떨었다.

마음 불편한 곳이다.

모두가 비통한 표정이었다.

록시는 이 정도로 슬픔이 지배하는 장소를 몰랐다. 사람이 죽는 걸 몇 차례나 보았고, 자기 자신도 수라장을 몇 차례 빠져나왔다고 생각했다.

하지만 그저 슬프기만 한 장소는 처음이었다.

'이거 틀렸을지도 모르겠군요.'

록시는 그 자리의 분위기에 사로잡혀서 울 것 같은 기분으로 정보 수집을 시작했다.

한 시간 뒤.

록시는 무슨 일이 일어났는지 대략 파악하였다.

그 하늘의 이변 후에, 피트아령 전역에 걸쳐 대규모의 마력재해가 일어났다.

폭발을 동반한 것은 아니었지만 규모가 커서, 피트아령 사람들은 남김없이 전 세계로 날아갔다.

건물이나 나무들은 어딘가로 사라졌고, 사람만이 세계 중 어딘가로 날아갔다.

날아간 사람들 중 일부는 간신히 피트아령으로 돌아왔다.

그리고 고향에 아무것도 남아 있지 않은 것을 알고 희망도 잃었다.

"…심각하군요."

록시는 그렇게 중얼거리면서 게시판을 보았다.

거기에는 '사망자' 와 '행방불명자' 의 이름이 적혀 있었다.

또 그 옆에는 가족에게 보내는 전언이나 '여행 도중에 이런 사람을 보거든 여기까지 데려와 주세요' 라는 내용의 의뢰가 몇 건이나 붙어 있었다.

제일 눈에 띄는 장소에 피트아 영주의 이름으로 '행방불명자, 사망자의 정보를 구한다' 고 적혀 있었다.

그 숫자는 일찍이 없었을 정도였다.

록시는 모험가로서 나름대로 활약해 왔다.

그래도 이렇게 의뢰가 넘치는 게시판은 처음 보았다.

그리고 이렇게 필사적이고 비통한 느낌이 드는 의뢰뿐인 게시판도 처음 보았다.

이 재해의 규모가 어느 정도인지 짐작이 갔다.

사망자, 행방불명자.

어쩌면 여기까지 오는 동안에 그런 사람을 보았을지도 모른다.

사람이 갑자기 나타났다는 소문도 들은 적이 있다.

그런 허풍은 언제나 있었기에 신경 쓰지 않았는데, 혹시 기억해 두면 그들의 힘이 될 수 있겠지.

"아니…."

그렇게 생각하다가 록시는 고개를 내저었다.

그녀가 지나온 길은 중앙대륙을 횡단하는 가장 큰 가도다. 거기에서 들을 수 있는 이야기라면 분명 누군가가 듣고 정보로서 파악했겠지.

"……."

록시는 그 이상 생각하지 않고 사망자란을 차례대로 훑어보기로 했다.

사망자의 수는 규모에 비해서 적었고, 낯익은 이름은 없었다.

반대로 행방불명자는 많았다. 눈이 아플 정도의 양이었다.

전 세계로 인간들이 날아갔다.

마물의 습격으로 죽어서 뼈도 남지 않은 자도 있겠지.

산 위나 하늘, 바닷속, 즉사한 이도 적지 않겠지.

사망이 확인된 것만 해도 대단한 일이다.

"찾았다…."

록시는 눈썹을 찌푸렸다.

행방불명자란에서 루데우스 가족의 이름을 발견했기 때문이다.

루데우스 그레이랫.

제니스 그레이랫.

리랴 그레이랫.

아이샤 그레이랫.

리랴가 파울로의 아내 중 미나가 되었다는 사실은 알고 있었다.

루데우스의 편지에 그런 말이 있었기 때문이다.

아이샤란 분명히 여동생이었나. 또 한 명 있었을 텐데.

파울로와 노른의 이름에는 줄이 그어져 있었다.

설마 싶어서 사망자란을 다시금 보았다.

없다.

그렇다면 살아 있단 소릴까.

아니, 정보가 누락되었을 가능성도 있다.

함부로 기뻐할 순 없다.

"일단 죽지 않은 것을 기뻐해야 할까요…."

록시는 중얼거리면서 전언판 쪽도 보았다.

수색을 의뢰하는 내용.

하나같이 글을 쓴 사람의 필사적인 마음이 엿보였다.

조금 부럽게도 생각되었다.

록시에게는 이렇게 필사적으로 찾아주는 사람이 없다.

그러고 보면 고향의 부모님은 건강하실까.

싸우고 마을을 뛰쳐나온 지 세월이 꽤나 지났다.

얼마 전까지는 미굴드족에게 얼마 안 되는 세월이라고 생각
했는데.

시간은 순식간에 지나간다.

편지 한 통이라도 보내는 편이 좋을지도 모르겠다.

"이건…."

거기서 전언 하나를 찾았다.

그걸 쓴 사람은 파울로 그레이랫.


[루데우스에게.

제니스와 리랴, 아이샤가 행방불명이다.

노른은 내가 보호하고 있다.

네가 현재 어디에 있는지는 모른다.

하지만 너라면 혼자서 여기까지 찾아올 수 있으리라고 생각한다.

그러니까 네 수색은 나중으로 미루마.

나는 미리스 대륙으로 가겠다. 거기가 제니스의 고향이니까.

리랴의 고향, 본가에도 전언을 남겨둔다.

너는 중앙대륙의 북부를 뒤져라.

찾거든 아래 적은 주소로 연락을 다오.

제니스나 리랴도 이걸 보거든 마찬가지로 연락해.


또 나나 가족을 아는 사람, 혹은 '검은 늑대의 이빨' 멤버였던 이들에게.

수색을 도와줘.

'검은 늑대의 이빨'의 멤버들은 날 좋게 생각하지 않을지도 모르지.

그걸 잊어달라고는 하지 않겠어. 욕해도 좋아.

신발을 핥으라면 핥겠어.

재산이 쇠나 닐아갔으니 보수를 줄 순 없지만 부탁해.

내 가족을 찾아줘.


• 언락처
미리스 대륙 미리스 신성국 수도 미리시온 모험가 길드

파티명 '부에나 마을 사람 수색대'

클랜명 '피트아령 수색단'


파울로 그레이랫이]


파울로가 살아 있었다.

그걸 알고 록시는 다소 안도했다.

루데우스의 편지에서는 안 좋은 말이 많은 그지만, 이런 상황에서는 믿음직한 사람이다.

"……."

그리고 생각했다.

나도 수색에 참가해야 할까, 라고.

그 가족에게는 신세를 졌다.

그 가족과 보냈던 2년은 지금도 좋은 추억이었다.

여러 가지 의미로.

그러니 기꺼이 돕고 싶었다.

'좋아, 수색에 참가하자.'

록시는 그렇게 결심했다.

결심한 순간 록시의 두뇌가 회전하기 시작했다.

'하지만 누굴 어떻게 찾아야 할까…'

'검은 늑대의 이빨' 은 아마도 파울로가 과거에 소속되었던 파티겠지.

그 멤버들은 루데우스와 면식이 없을 터이다.

리랴와도 면식이 없겠지만, 자신은 일단 나중으로 미뤄진 루데우스를 찾자.

파울로는 루데우스가 돌아올 거라고 생각한 모양이지만, 그 소년은 적응력이 뛰어나다.

날아간 곳에 정착했을 가능성도 있겠지.

혹시 그렇다면 무슨 일이 일어났는지 알려주고 여기로 데려와야만 한다.

'루디를 찾으려면 어디를 가야 할까.'

파울로는 미리스 신성국의 수도로 이동했다.

그렇다면 그 경로에 전언을 남겼을 터이다.

아슬라 왕국의 국경, 왕룡왕국의 이스트포트, 미리스 신성국의 웨스트포트.

최소한 이 세 군데에는 전언을 남겼겠지.

그렇다면 그 경로 밖을 찾아야 한다.

중앙대륙 북부나 베가리트 대륙이나 마대륙. 이 정도겠지.

베가리트 대륙에는 간 적 없지만, 마물과 미궁이 많은 장소라고 들은 적 있다.

마대륙은 다소 지리를 알기도 하지만, 혼자서 여행하기에는 위험한 곳이다.

안전을 택하자면 북부인데….

아니, 그렇기에 가야만 한다.

위험한 곳이기에 갈 수 있는 자는 적다.

자신이라면 그 두 곳을 여행하는 파티에 들어갈 수 있다.

좋아.

그렇게 결심하자 더 이상 여기 있을 필요가 없어졌다.

왕룡왕국의 이스트포트로 이동하자.

거기서 베가리트나 마대륙에 가는 파티를 찾자.


그렇게 결심한 뒤 록시는 재빨리 움직였다.

즉각 여행 준비를 마치고 난민 캠프를 뒤로 했다.

발을 움직이니 신기하게도 슬픈 마음이 날아갔다. 뿐만 아니라 신기하게도 루데우스가 살아 있다는 확신마저 생겨났다.

'다시금 다 함께 같은 식탁 앞에 모이고 싶군요.'

록시는 그런 생각을 품으면서 남쪽으로 발을 옮겼다.


이 날부터 록시 미굴디아의 기나긴 여행이 시작되었다.

번외편

# 숲의 여신

아슬라 왕국에서 산을 넘어 동쪽.

중앙대륙의 중심에 위치하는 그 구역은 수많은 소국들로 이루어졌고, 소국들은 일대의 패권을 두고 다투었다.

소국이 건국과 멸망을 거듭하는 그곳을 사람들은 분쟁지대라고 불렀다.


분쟁지대에 있는 소국 중 하나, 마르키엔 용병국.

어느 대용병이 세운 그 나라는 인근 나라에 용병을 파견하는 것을 생업으로 하는 전투국가였다.

마르키엔 용병국의 어느 주점.

거기에는 한 용병이 다른 용병에게 자기 어깨에 난 상처를 자랑하고 있었다.

"헤헤, 보라고, 이 상처. 루드민 방어전 때 입은 거야."

"오오, 그 싸움인가. 격전이었다던데."

"넌 어디로 갔는데?"

"알즈 요새 동문이야. 거기는 지옥이었지…. 진짜 자칫했으면 이 사랑스럽고 사랑스러운 오른팔이 날아갈 뻔했어."

"지옥이고 뭐고 알즈 요새 동문이라면 측면을 찔려서 괴멸할 뻔했다고 그랬는데!"

"루드민 방어전도 비슷하겠지. 보급로가 끊겨서 용병들 끼니가 없었다는 소리 들었어?"

마르키엔 용병국은 모든 나라를 가리지 않고 지원했다.

그리고 파견된 용병들은 두려움을 샀다.

누가 말하기론 그 병사는 일기당천.

누가 말하기론 지휘관은 항상 냉정침착.

누가 말하기론 군사는 심모원려에 능하다.

한 번 전투가 시작되면 아군 세력에게 반드시 승리를 가져다 줬다.

전장에서 승리와 공포의 상징.

그것이 마르키엔 용병이다.

"우리 둘 다 용케 살아 있군."

"뭐, 숲의 여신님의 뜻이지."

용병 하나는 품에서 펜던트를 꺼냈다. 동물 귀를 가진 여자의 옆얼굴이 새겨진 나무 펜던트였다.

그걸 보고 다른 용병은 허리춤의 단검을 뽑았다.

단검은 염료로 붉게 칠해져 있었다.

"그럼 숲의 여신님 레느에게 건배!"

"다음 싸움에서도 승리를 내려주소서! 건배!"

두 사람은 각자 펜던트와 단검을 들고 다른 손으로 술잔을 들어 단숨에 비웠다.

이게 그들의 기도다.

"ㅋ으, 좋다."

"역시 싸움 뒤에는 술이지. 마르키엔의 술이 최고야."

"그리고 여자지!"

"이 나음에 시창가라도 갈까?"

"마누라한테는 비밀로."

"카하하하!"

두 사람은 즐겁게 술잔을 나누었고 밤은 깊어갔다.


숲의 여신 레느.

그것이 마르키엔 용병이 신봉하는 신이다.

전승에 따르면 100년 전, 마르키엔 용병국이 멸망의 위기에 처했을 때 나타나서 전설의 대장군을 인도하여 나라를 궁지에서 구해준 구국의 여신이라고 한다.

그 전승 때문에 마르키엔 용병들은 자기가 죽음에 임했을 때 어딘가에서 숲의 여신 레느가 나타나 구해주리라고 믿는다.

고로 용병들은 여신에게 기도한다.

싸움을 위한 기도와 살기를 바라는 기도를.

그리고 또 전장으로 떠나간다.


하지만 신기하게도 숲의 여신 레느를 신봉하는 것은 세상이 넓다고 해도 마르키엔 용병국뿐이었다.

왜 이 나라에만 그런 풍습이 생겼는가.

거기에는 한 가지 일화가 있었다.

갑룡력 417년.

아슬라 왕국에서 전이사건이 일어난 바로 그 해, 마르키엔 용병국은 용병왕 마르키엔이 건국을 선언한 지 고작 2년밖에 지나지 않은 신흥국가였다.

당시 마르키엔 용병국은 멸망의 위기에 처해 있었다.

드문 일은 아니었다. 이 분쟁지대에서는 소국들이 건국과 멸망을 반복하였다.

사람들은 툭하면 자기 나라를 세우려고 획책하고 주변 일대를 통일하여 대국가를 세우려는 야심을 가졌다가 꿈이 깨어져서 스러진다.

마르키엔 용병국도 그런 수많은 나라와 같은 운명을 걸으려 했다.

그저 그것뿐이었다.


그렇기는 해도 모든 일에는 이유가 있다.

멸망을 향한 길을 걷게 된 발단은 외교였다.

용병 파견을 경제의 중심으로 삼은 마르키엔 용병국은 병력, 국력 모두 신흥국가라고 생각할 수 없을 만한 힘을 가진 나라였다.

하지만 그렇기에.

마르키엔 용병국은 인접한 두 나라, 디트 왕국과 브로즈 제국의 경계를 사고 책략에 걸렸으며, 외교에서 실패하여 동시에 선전포고를 당하는 흐름이 되었다.

아무리 용병국이라고 해도 두 나라가 동시에 공격해 오면 버틸 수가 없었다.

격렬한 저항을 했지만 중요한 요새는 순식간에 함락되고, 몇 차례의 큰 전투 끝에 영토의 절반을 빼앗겼다.

이 나라에 미래는 없다.

그렇게 생각한 용병들은 다른 나라로 도망치거나 배신했다.

마지막 결전이 된 것은 후에 마르키엔 결전터라고 불리는 커다란 분지였다.

마르키엔 용병국은 국력을 결집하여 두 나라의 연합군을 상대로 진을 쳤다.

여태까지 두 나라는 따로따로 침공해 왔지만, 요소인 분지는 양쪽에 마물이 출몰하는 숲을 두고 있어서 통행이 제한될 수밖에 없었다. 고로 합류할 수밖에 없었다.

또 그렇기에 이 분지는 가장 중요한 지점이기도 했다. 마르키엔 용병국을 멸한 뒤 수도 인근의 지배권을 얻으려면 이 분지의 점령이야말로 가장 중요했다.

그렇기에 이 결전 뒤에 딕트 왕국과 브로즈 제국의 대결이 벌어지리라는 건 상상하기 어렵지 않았다.

마르키엔은 그런 양국의 불편한 관계를 파고들려고 했지만, 이미 전력이 얼마 남지 않아서 제대로 대항할 만한 힘이 남아 있지 않았다.

딱 하나, 기사회생의 작전을 짜는 게 고작이었다.

마르키엔 용병단, 제3부대 대장인 비고 마세날은 열 명의 부하를 데리고 숲속을 이동하고 있었다.

에진 숲이라고 불리는 이 숲은 마물이 대량으로 출몰한다. 그 위험도는 예로부터 이 일대의 통치자가 통행을 금지할 정도였다.

인근 사람들은 입을 모아서 이렇게 말했다.

에진 숲에는 숲지기도 들어가지 않는다.

당연하지만 군대가 진군하는 것도 불가능하고, 이번 전쟁에서 마르키엔을 공격하는 두 나라 또한 이 숲을 피했다.

용병왕 마르키엔은 거기에 눈을 돌렸다.

숲속을 돌파하여 두 나라 중 한 곳에 기습을 건다. 단순하지만 효과적인 생각이었다.

그렇다고는 해도 이미 마르키엔에게는 병력이 없었다. 단순히 숲을 통과하려고 들면 도중에 마물과의 전투로 힘을 잃어서 강습을 걸었다고 해도 헛되이 스러질 뿐이겠지.

그래서 마르키엔은 한 가지 작전을 세웠다.

지난 번 싸움에서 손에 넣은 브로즈 제국의 갑옷.

이걸 부하들에게 입혀서 적군 입구의 후방을 치는 것이다.

양국 사이에는 마르키엔 용병국을 쓰러뜨릴 때까지로 동맹을 맺은 모양인데, 이 결전 후에 패권을 다투며 싸울 걸 생각하면 연약하기 이를 데 없는 동맹이었다. 양국은 결전 후에 서로에게 보다 유리한 입장에 설 것만을 생각하며 과민해진 상태였다.

아주 조금, 툭 찌르기만 해도 실이 끊어진 것처럼 서로 싸우기 시작할 것은 명백했다.

그걸 유발하려는 것이다.


작전 지휘는 용맹과감하다고 알려진 비고 마세널이 자청하고 나섰다.

소수로 숲을 통과하여 적의 뒤를 찌르는 강습.

대단히 위험하고, 작전이 성공하더라도 살아 돌아올 수 없다.

강습이 성공했을 때에는 포로가 되는 걸 막기 위해 자결해야만 할 가능성도 있다.

신원이 밝혀질 만한 것도 가져가선 안 된다.

어디의 누구인지도 모르는 사람으로서, 명예도 얻을 수 없고 배신자로 죽어야만 한다.

하지만 비고는 마르키엔에게 말했다.

"걱정 마. 이 전쟁을 승리로 이끈 영령으로 전해지겠지. 저 대영웅 '쌍둥이신 미구스, 구미스' 처럼 명예롭잖아."

400년 전 라플라스 전역에서 죽은 영령의 이름을 말하면서 비고는 중요한 역할을 맡았다.


부하는 열 명.

북신류 중급 검사 세 명에 유파 없는 용병이 일곱 명.

비고 본인은 검신류의 상급 검사였지만, 치유 마술을 쓸 수 있는 사람은 없었고 숙련도도 개인기량도 대단하다고 할 순 없었다.

이 부근에서 마술사는 귀중했고, 또 결전을 앞둔 상황에서 자폭부대에게 강력한 병사를 나눠줄 만한 여유는 없었다. 그저 적군간의 싸움을 유발하는 것만이 아니라 전쟁에 이겨야만 했다.

'후, 내가 설마 이런 짓을 하게 될 줄이야.'

비고는 자조하듯이 웃었다.

그는 선천적으로 용병으로 태어난 몸이었다. 용병단에서 태어나, 아버지는 비고가 어머니의 뱃속에 있을 때에 전사했고, 어머니는 비고가 철든 직후에 전사했다. 비고는 노예로 팔려가서 마르키엔 용병단의 전신인 용병단으로 넘어갔다. 거기서 검을 배우고 싸움을 배우고 돈과 목숨만을 위해서 여태까지 살아왔다.

그런데 설마 마지막 순간에 명예를 위해 싸우다니.

'어디의 기사님이라도 됐나.'

명예를 위해 죽는 것은 당연히 기사다.

하지만 비고는 문득 생각했다.

'나는 마르키엔 용병국의 기사일지도 모르지.'

그렇게 생각하면 왠지 모르게 자랑스러운 기분이 들었다.

마르키엔 용병국은 고향이 없는 비고가 간신히 손에 넣은 고향이었다.

그 고향을 지키기 위해 싸운다.

과거에는 비웃었던 지들의 말이지만, 자기가 그 입장이 되고 보니 나쁘지 않았다.

"대장, 거의 다 왔습니다."

"방심하지 마라. 여기까지 와서 사람한테 죽고 싶냐."

"하하, 그렇군요."

여기에 오기까지 거의 마물과 만나지 않았다.

꼬박 하루 동안 걸으면서 딱 두 번. 기적적인 일이었다.

그렇긴 하지만 부하가 한 명 죽었다.

주의 깊게 전진한다고 했지만, 그늘에 몸을 숨긴 레드리프 타이거를 발견하지 못하는 바람에 습격을 받아 죽었다.

마물은 이미 많이 다친 모습이라서 누군가에게서 도망치는 듯했다.

이 숲에서 가장 두려운 마물이라는 레드리프 타이거가. 대체 누구한테서…?

'그 누군가는 이 숲의 주인일지도 모르지.'

숲의 주인에 대한 소문은 비고도 들었다.

A급 마물, 몸길이 5미터에 달하는 거구를 가진 리저드, 카렌트사우루스의 존재를.

정말로 실존하는지는 알 수 없지만, 그 마물이라면 B급 하위에 속하는 레드리프 타이거를 간단히 뭉개 버릴 수도 있겠지.

그리고 그런 마물에게 습격을 받으면 여기에 있는 비고 이하 아홉 명은 잠시도 못 버틴다.

고로 일행은 신중하게 발을 옮겼다.

다행스럽게도 그들은 숲길을 다니는 데에 다소 익숙했다.

마물과 마주치지 않도록, 혹은 마주치더라도 동료를 부르기

전에 즉각 쓰러뜨릴 만한 힘이 있었다. 이 근처에서 싸움을 생업으로 삼으려면 당연한 일이다.

물론 그 당연함이란.

비고 일행에게만 해당되는 게 아니었다.

"어!"

"아닛!"

알아차렸을 때에는 **두 부대**가 딱 맞닥뜨린 상태였다.

숫자는 마찬가지로 열 명.

스무 명은 모두 똑같이 브로즈 제국의 갑옷을 입고 있었다.

딱 한 가지 차이가 있다면 비고 일행이 가짜라는 점이겠지.

"너희는 어디에 소속된 부대지! 이름을 대라!"

비고의 눈앞에서 한층 호화로운 갑옷을 입은 남자가 물었다.

"검을 뽑아라! 한 놈도 살려 보내지 마라!"

비고는 그 질문에 대답하지 않고 부하들에게 호통치듯이 말했다. 부하 전원이 검을 뽑아서 그들에게 덤벼들었다.

"탈주병인가! 에잇!"

브로즈 제국의 대장은 느닷없이 덤벼든 비고 일행을 탈주병으로 판단했다.

늘리긴 했지만, 틀렸다고 해도 변함 거 없었다. 탈주병이든 브로즈 제국병으로 위장한 적국의 병사든 변함없다.

"죽여라! 싸움에서 도망치는 약졸은 우리 브로즈에 필요 없나!"

브로즈 병사들은 재빨랐다.

"크어엇!"

"제, 제길…!"

순식간에 비고의 부하 둘이 베였고, 일행은 한순간에 열세에 몰렸다.

브로즈 제국의 병사는 훈련이 아주 잘 되어 있었다.

비고는 모르는 일이었지만, 그들이 싸웠던 것은 브로즈 황제의 신변을 지키는 친위대였다.

친위대가 왜 황제의 곁을 떠나서 숲속에 있는가.

그 이유는 약 한 시간 전의 사건에 있었다.

브로즈 황제가 몸소 진지를 둘러보면서 병사들을 고무하고 다니는 도중의 일이었다.

그때 갑자기 숲에서 마물이 나타나서 브로즈 황제를 강습, 팔에 살짝 긁힌 상처를 입혔다. 마물은 곧바로 격퇴되었고 상처도 바로 치료했지만, 병사들의 눈앞에서 황제가 공격을 받았다는 사실은 남았다.

사기가 내려가는 걸 느낀 브로즈 황제는 자기 위신을 걸고 친위대에게 출동을 명했다.

흉악한 마물의 껍질을 벗겨와라. 그것과 싸우다가 상처를 입은 걸로 한다.

친위대는 곧바로 움직여서 숲속에 들어갔다.

하지만 신기하게도 마물과는 만나지 않았고, 비고 일행을 발견하기에 이른 것이다.

"이, 이런 곳에서…."

비고의 부하들 중 가장 실력 있는 남자가 브로즈 친위대에게 간단히 베였다.

"너희도 알듯이 나는 친위대장 클라인 디노르타스! 수성 클라인이다! 이길 수 있으리라 생각했나!"

"제길!"

"저항을 멈추고 투항하면 목숨만은 살려주마!"

비고는 초조함을 느꼈다. 투항 같은 건 절대로 할 수 없다. 붙잡혀서 취조라도 받으면 브로즈 사람이 아니라는 게 금방 들통난다.

그렇다면 작전은 실패다.

마르키엔은 멸망한다.

그 뒤 브로즈 제국과 딕트 왕국이 싸워서 어디가 이 땅을 손에 넣을지는 모르지만, 비고가 간신히 손에 넣은 고향은 사라진다.

하지만 손 쓸 방법이 없었다.

역량의 차이는 역력, 이대로 계속 싸워도 전멸은 피할 수 없었다.

'마르키엔, 미안하다.'

비고는 계속 어깨를 나란히 하고 싸워온 전우에게 마음속으로 사과했다.

그때였다.


"키이이이이익!"

거대한 도마뱀이 날아왔다.

5미터는 될 듯한 선명한 녹색의 도마뱀.

하지만 위풍당당한 그 모습은 상처투성이에 곳곳에서 피를 흘리고 있었다.

도마뱀은 입에서 피거품을 뿜으면서 일행 사이를 가르듯이 쓰러졌다.

그리고 한 발 늦게,


"카아아아아아악!"


야수가 뛰어들었다.

야수는 엄청난 포효와 동시에 크게 도약해서 도마뱀의 머리에 올라타더니, 손에 든 검을 그 머리에 꽂았다.

도마뱀은 단말마의 비명을 지르며 숨이 끊어졌다.

무슨 일이 일어났나. 그걸 판단할 시간은 없었다.

"아닛!"

야수는 도마뱀을 죽인 뒤에도 움직임을 멈추지 않았다.

야수는 도마뱀의 머리에서 뛰어내리더니 순식간에 브로즈 친위대를 두 명 쓰러뜨렸다.

"무슨 짓이냐!"

비고는 순간 그 야수가 바로 이 숲의 주인이라고 생각했다.

하지만 야수는 인간의 모습을 하고 있었다. 초콜릿색 피부에 잿빛 머리칼, 뾰족 솟은 두 개의 귀를 가진 수족이었다.

야수는 검을 들고 있었다. 칼날이 얇은 외날검, 도신은 붉은 색으로 기분 나쁘게 번뜩이는 것이 이름 있는 명검일 게 분명했다.

"누구냐!"

브로즈 친위대장 클라인이 앞으로 나서면서 외쳤다.

"이름을 대라!"

"크르르르르!"

야수는 대답하지 않았다.

그저 눈앞에 있는 적, 검을 가진 적에게 반응했다.

"크아아아!"

"큭, 응전하라!"

포효와 함께 클라인에게 공격을 날렸다.

클라인은 수성. 수신류는 모든 공격을 받아 넘기고 필살의 카운터를 넣는 유파.

그럴 터였는데….

"비, 빛의 검이라니… 거, 검신류인가…."

야수의 검을 받은 순간 클라인의 검은 두 동강으로 부러졌다.

그리고 거기에 이어서 클라인의 갑옷에 한 줄기 균열이 가더니 옷이, 피부가, 살이, 뼈가 잘려나가고―.

그리고 클라인의 상반신과 하반신이 떨어져나갔다.

자기네 대장의 상반신이 땅에 뚝 떨어지는 걸 보고도 브로즈 친위대는 움츠러들지 않았다.

"이 자식!"

"우리 대장을!"

"대장의 원수를 갚아라!"

그들은 전원이 수신류, 혹은 북신류 중급 이상의 검사였다.

결코 약하지 않았다.

하지만.

"크아아아아!"

야수가 포효하면서 붉은 검을 휘두를 때마다 한 명, 또 한 명이 두 동강 났다.

야수는 섬광처럼 움직였다. 그 목소리에는 인간을 움츠러들게 하는 효과가 있었다. 누구도 야수를 따라잡을 수 없었다.

순식간에 친위대는 전멸했다.

"……."

비고 일행은 움직이지 않고 있었다.

무슨 일이 일어났는지 알 수 없었다. 야수는 친위대 옆에서 나타나서 압도적인 힘으로 유린했다. 하지만 왜? 무엇을 위해?

"크르르르르."

야수가 이쪽을 돌아보았다.

그 눈은 완전히 정신이 나간 눈이었다.

비고 일행을 바라보는 눈에는 살기밖에 없어서 공포만 커져갔다.

노출이 많은 복장이었지만, 공포라면 몰라도 이상한 마음이 들 리가 없었다.

그래.

그 야수는 여자였다. 여자의 모습을 하고 있었다.

그걸 깨달았을 때 비고의 뇌리에 떠오른 게 있었다.

비고에게 검을 가르쳐 준 어느 검성의 이야기였다.

검성은 검의 성지에서 수행을 한 유서 깊은 검신류의 검사로, 왜 용병이 되었는지는 결코 말하지 않았지만 수행하던 시절의 이야기라면 곧잘 해 주었다.

난폭하고 말을 안 듣는, 미친 개 같은 녀석이 있었다.

그 녀석은 나를 쫓아내고 검왕까지 되었는데, 멍청하긴 해도 나쁜 녀석은 아니었다.

다만 극한상황에 빠지면 정신이 나가서 적이고 아군이고 관계없이 공격할 때가 있어서 다들 싫어했을 뿐이지.

그런 이야기에 나오는 검왕과 눈앞에 있는 여자.

특징이 들어맞았다.

"혹시!"

비고는 그렇게 말하면서 스승에게 배운 검신류의 인사를 했다.

한쪽 무릎을 꿇고 무릎을 내미는 그 모습은 상대에 대한 항복과 존경을 말한다.

"검왕 길레느 데돌디어 님이 아니십니까?!"

그렇게 말한 순간.

야수의 움직임이 멎었다.


얼마 뒤에 길레느는 제정신을 되찾았다.

"소문은 익히 들었습니다. 설마 이런 곳에서 만나 뵐 줄은 생각도 못 했습니다."

"너, 이 근처에서 열두 살 정도의 새빨간 머리카락의 소녀를 못 봤나? 아니면 열 살 정도의 마술을 잘 쓰는 소년이라도 좋다."

그저 핏발 선 눈으로 비고를 노려보면서 담담하게 물었다.

"아뇨, 보지 못했습니다만…."

비고는 고개를 흔들면서 그 질문을 되새겨 보았다.

열두 살 정도의 빨간 머리 소녀.

열 살 정도의 마술사 소년.

여태까지 살아오면서 그런 노예는 몇 명 보았다. 하지만 이 근처라고 하면 고개를 내젓게 된다.

여기는 다름 아닌 에진 숲. 마물이 나오는 숲이다.

그런 장소에 왜 아이들이 있단 말인가.

"그래. 미안하다."

길레느는 그렇게 말하고 일행의 앞을 떠나려고 했다.

몇 걸음 걸어가다가 우뚝 발을 멈추고 돌아보더니 고개를 갸웃거렸다.

"그런데 여기는 어디지?"

비고도 고개를 갸웃거렸다.


비고는 여기가 중앙대륙이고 남부이며, 그중에서도 북쪽에 위치한 '분쟁지대', 분쟁지대 중에도 북쪽에 있는 마르키엔 용병국의 숲속이라고 가르쳐 주었다.

작전행동 중이라서 본디 그런 여유는 없었지만, 방금 목숨을 구해 준 은인이기도 하고 기분 상하게 했다간 다음은 자기들 차례일지도 모른다는 위기관리 능력도 한 몫 하였다.

"그럴 수가."

길레느는 혼란스러워했다.

자기가 왜 그런 곳에 있는지 이유를 알 수 없었기 때문이다.

비고는 그녀에게 자세한 이유를 물어보았다.

그녀는 아슬라 왕국의 피트아령에서 어느 소녀를 경호하다가 습격을 받았고, 뭐가 뭔지는 잘 모르겠지만 빛에 휘말렸다가 정신을 차려보니 이 숲에 있었다고 했다. 그리고 마물 무리와 싸우는 도중에 흥분상태에 빠져서 덤벼드는 자를 죄다 쓰러뜨리는 광전사가 되었다고 했다.

"아무튼 여기는 분쟁지대, 마르키엔 용병국입니다. 틀림없습니다."

"…그런가."

길레느는 생각했다.

그녀가 무슨 생각을 하는지는 비고로선 알 수 없었다.

숫자를 다섯 정도 셀 동안 길레느는 계속 생각하다가 하늘을 보았다.

"그럼 아슬라로 돌아가려면 남쪽이군."

길레느는 태양의 위치로 방향을 판단하여 똑바로 남쪽으로 발을 옮겼다.

그건 비고 일행의 진행 방향과 똑같았다.

"잠깐만 기다려 주세요. 그쪽은 적국이 진을 치고 있습니다."

"그게 어쨌다고?"

"아니…. 어쩌실 생각입니까?"

"내 눈앞에 나서는 자는 누구든 벨 뿐이다."

길레느의 눈은 제정신을 되찾았다고 생각하기 힘들 정도로 날카로웠다.

비고는 말을 잃었다.

대체 뭐가 그녀를 이렇게까지 몰아붙였는가.

"루데우스가 에리스 아가씨와 함께 있다면 다행인데, 나처럼 다른 장소로 날아갔을 가능성도 있지. 서둘러야…."

그 말을 듣고 비고는 이해하였다.

'지금의 나와 같나.'

검왕에게는 방금 전에 말한 두 아이, 특히나 빨간 머리 소녀 쪽이 무엇보다도 소중하겠지.

소중한 것을 지키기 위해 필사적이 된 것이다.

"그렇다면 도중까지 동행하겠습니다. 저희도 그쪽에 일이 있으니."

"좋다."

비고는 왠지 모르게 자랑스러운 기분이 되었다.

목적은 다르지만 저 검왕에게도 지킬 것이 있고, 그녀와 어깨를 나란히 하고 싸울 수 있다고.

그리고 일행과 길레느는 숲을 빠져나가서 딕트 왕국의 뒤에서 강습을 걸었다.

운이 좋았다.

마르키엔과의 전투가 시작되려는 순간이었기에 모든 장병의 의식이 전방에 집중되어 있었다.

브로즈 황제는 친위대가 돌아오지 않는 것을 수상쩍게 생각했다. 어쩌면 딕트 왕국의 복병이 자기들을 호시탐탐 노리고 있고, 친위대가 그걸 발견했기에 살해된 걸지도 모른다고 의심하였다.

그러고 보면 딕트 왕의 본진은 숲에 가깝다. 저건 숲 속에 병력을 숨기고 있기 때문이 아닐까?

한 번 의심하기 시작하니 끝이 없었다.

사실은 딕트 왕이 겁 많은 남자라서, 브로즈 제국에게 기습을 허용하지 않을 위치로서 숲을 등졌을 뿐이지만—.

그것들이 쌓이고 쌓인 결과.

비고 일행의 강습은 성공했다.

일행은 딕트 왕국의 군대를 강습했다. 길레느가 포효하고 비고가 고함을 내지르면서 적 진지에 돌진했더니 거기에 딕트 왕의 천막이 있었다.

딕트 왕은 숲에서 튀어나온 비고 일행을 보고 경천동지했다. 그리고 그 복장을 보고 브로즈 제국이 숲속에서 기습해 온 거라고 생각했다. 곧바로 측근을 불러서 브로즈 제국에게 공격을 시작하라고 명하고 자기도 후퇴하기 시작했다.

그로부터 고작 10초 뒤.

딕트 왕은 길레느의 검에 베여서 죽었다.

혹시 딕트 왕이 살아 남았으면 비고 일행이 브로즈 제국의 장병이 아니라고 간파하고 명령을 철회했을지도 모르지만… 칙명으로 떨어진 말은 절대적인 효력을 가져서 딕트 왕국군은 브로즈 제국군을 향해 밀려들었다.

브로즈 제국도 예상과는 다른 타이밍이었지만, 언젠가는 딕트 왕국과 싸울 거라고 예상하고 있었기 때문에 여기에 반격했다.

그 상황에서 마르키엔 용병국이 공격을 시작했다.

삼파전으로 전개된 혼전이었다.


비고는 적에게 포위된 상태로도 살아 있었다.

시체를 남겨서 브로즈 제국의 짓이라고 여기게 하는 것이 그의 일이었지만, 그는 간신히 살아 있었다.

이미 부하와도 떨어졌고, 주위에 보이는 아군은 딱 한 명뿐이었다.

아군은 눈앞에 있었다.

비고는 초콜릿색 등과 그 앞에서 번뜩이는 붉은색 검광을 따라가면서 그저 계속해서 적을 쓰러뜨렸다. 이렇게나 든든한 뒷모습은 여태까지 없었다. 그리고 이 뒷모습을 지킬 수 있다는 것이 자랑스러웠다.

이윽고 딕트 왕국의 갑옷이 보이지 않게 되고, 주위가 브로즈 제국 천지가 되었다.

브로즈 제국은 낯선 붉은색 검을 든 여자의 난입에 놀라면서도 뒤이어 딕트 왕국병을 쓰러뜨리는 모습과 그 뒤를 지키는 브로즈 갑옷 차림의 비고를 보고 아군이라고 착각했다.

거기에 마르키엔 용병국이 밀려들었다. 배후에서 전투를 시작한 동맹국은 동요하여 연대는 고사하고 진형마저 무너졌으며, 숫자로 불리할 터였던 마르키엔 용병국에게 전선 돌파를 허용하였다.

난전이 벌어졌다.

비고는 격렬한 전투 속에서 길레느와 떨어졌다.

하지만 그와 동시에 아군과 합류했다.

마르키엔 용병은 비고의 얼굴을 보고 환성을 지르며 그 주위를 단단히 지켰다.

비고는 뒤로 물러나는 일 없이 전선에 남아서 계속 싸웠다.


전투가 계속되어 진흙과 피로 물들어서 어디에 뭐가 있는지도 모르게 되었다.

비고는 왼눈에 화살을 맞아서 고통으로 일그러진 표정으로 시수를 확인하려던 때에 보았다.

비고는 보고 말았다.

한층 커다란 깃발 아래.

화려한 브로즈 갑옷을 입은 검은 수염의 남자를.

그 검은 수염의 남자가, 브로즈 황제가 초콜릿빛 피부를 가진 여자의 붉은 검광에 목이 날아가는 순간을.

"하, 하, 하하하하하!"

비고는 웃었다. 웃으면서 계속 싸웠다.

그리고 살아남았다.


결전은 마르키엔 용병국의 승리로 끝났다.

이 공적으로 비고 마세널은 장군 자리를 손에 넣었다.

결사의 작전을 성공시키고 딕트 왕의 수급까지 따낸 영웅으로 추앙받았다.

그 뒤에도 대단한 활약을 보인 비고 마세널은 마르키엔 용병국에서 손꼽히는 대장군이라 불릴 정도가 되었지만, 그건 또 다른 이야기였다.


그런 대장군 비고는 그 결전 후에 왠지 이상한 짓을 하게 되었다.

동물의 옆얼굴이 새겨진 목걸이를 목에 걸고 자기 검의 도신을 붉은색으로 칠한 것이다.

"부적이지."

부하들이 이걸 흉내내고, 또 그 부하에게 이야기를 들은 자가 그걸 흉내내는 식으로 차츰 퍼져서 지금 같은 모습이 되었다.

무슨 부적이냐고 물으면 비고는 이렇게 답했다.

"그 결전에서는 여신님에게 도움을 받았으니까. 그분을 흉내 내는 거야."

그의 행동과 말로 숲의 여신 레느가 만들어졌다.

여신의 이름은 길레느.

하지만 '길레느'라는 이름은 중앙대륙 남부에서는 다소 발음하기 어려웠다.

어느새 그 이름은 변해서 레느라고 불리게 되었다.

숲에서 나타나 대장군의 목숨을 구해준 구국의 신 '숲의 여신 레느'라고.

그로부터 100년 동안 숲의 여신 레느는 마르키엔의 수호신으로 숭배를 받으며 병사 한 명 한 명의 마음의 지주가 되었다.

물론 그 호칭을 길레느 본인이 알 리는 없었다.


그 뒤 길레느는 어디로 갔을까.

살아 있을까.

전쟁에서 살아남아 아슬라 왕국으로 돌아갈 수 있었을까.

소중한 아가씨와 만날 수 있었을까….

비고 마세널이 알 리는 없었다.


**2권 끝**


309

올린 머리

드레스 ①

캐릭터 디자인안
에리스

드레스 ②

에리스

훈련복

**무직전생** ~ 이세계에 갔으면 최선을 다한다 ~ **2**

2015년 4월 7일 초판 발행
2023년 12월 20일 12쇄 발행

저자        리후진 나 마고노테
일러스트     시로타카
옮긴이       한신남

발행인       정동훈
편집인       여영아
편집 팀장     황정아
편집        노혜림

발행처       (주)학산문화사
등록        1995년 7월 1일
등록번호      제3-632호
주소        서울특별시 동작구 상도로 282 학산빌딩
편집부       02-828-8838
영업부       02-828-8986

ISBN 979-11-256-0604-8 04830
ISBN 979-11-256-0603-1 (세트)

값 8,800원